Elisabeth Koppitz

Seelenwege

Eine Handvoll Nüsse

Buch

Soeben befindet sich Olli noch auf dem Weg zu seiner großen Liebe, um sie vielleicht ein letztes Mal zu sehen, als er – ein junger Mann - ganz plötzlich verstirbt. Erst im Jenseits angekommen, kann er es nicht akzeptieren, kann noch nicht loslassen. Denn etwas belastet seine Seele und zieht ihn zurück. Mit einer liebevollen und weisen Seele an seiner Seite macht er sich an die Aufarbeitung dessen, was er im vergangenen Leben getan und erlebt hat; und er findet dabei etwas wirklich Erstaunliches – nämlich den Sinn hinter alledem. Eine Geschichte die dort beginnt, wo das Leben endet.

Autorin

Elisabeth Koppitz wurde 1982 im brandenburgischen Zossen geboren und lebt bis heute mit ihrem Mann in der Nähe von Berlin. Das erste große Herzklopfen bescherten ihr alte Papierreste, die der Vater manchmal von der Arbeit mitbrachte. Sie stießen die Pforte zur Kreativität bald unwiderruflich auf. Nachdem die Malerei lange im Vordergrund stand, widmet sie sich nun überwiegend ihrer zweiten Leidenschaft - dem Schreiben - welcher sie mit ihrem Erstlingswerk „Seelenwege" Ausdruck verleiht. Ebenso wie im Umgang mit Farben ist es der jungen Autorin dabei wichtig, einen Blick hinter das Offensichtliche zu werfen; eben auf den „Kern der Dinge".

Elisabeth Koppitz

Seelenwege

Eine Handvoll Nüsse

BoD

Bibliografische Information der Deutschen Nationalbibliothek: Die Deutsche Nationalbibliothek verzeichnet diese Publikation in der Deutschen Nationalbibliografie; detaillierte bibliografische Daten sind im Internet über dnb.dnb.de abrufbar.

© 2017 Elisabeth Koppitz
Alle Rechte vorbehalten.

Herstellung und Verlag:
BoD – Books on Demand, Norderstedt.
ISBN: 9783743162280

Abschied barg den Kern der Dinge

*

Für Kerstin und Tom;

Jelly Beans und Cola

Nachruf

Wenn es ein Licht unter uns gab
Du bist es gewesen
Wenn es Glück unter uns gab
Du hast es geschenkt
Wenn es Liebe gab in uns
Du hast sie gepflanzt
Wenn es Engel gibt
Du kamst aus ihren Reihen
und kehrst nun wieder heim

Kurze 28 Jahre hast du mit uns geteilt,
sie werden immer unsere besten bleiben.
In Liebe und Trauer

Deine Mama, Steffi, Familie und Freunde

Für immer

Steffi hat immer wieder gesagt: wenn du nicht den Arsch hochkriegst, dann ist die Chance futsch - glaubst du, die Tür wird ewig für dich offen stehen?

Habe ich zu lange gewartet? Hat jemand anderes für mich entschieden, wie es nun mit mir weitergeht? Das hier ist zu viel, ich brauche Antworten! Doch um mich herum ist alles weiß, wohin man schaut. Da ist NICHTS, nicht mal ein Horizont. Nichts unter meinen Füßen. Ich meine, wo stehe ich hier?

Wieso ist es so still? Ich überlege kurz, ob ich eine Panikattacke bekomme, spüre aber keine Panik. Nicht mal Angst. Ich spüre nur den Drang, wieder zurück zu kehren. Dorthin, wo ich eben noch stand, nämlich vor Bienes Haustür. Sie wollte zu mir runterkommen, wir waren verabredet. Und ich wollte ihr einen dieser sanften Küsse geben, die sie immer schwach werden lassen.

Wo zum Geier bin ich?

"Wo zum Geier bin ich?" sage ich laut und erschrecke mich, weil es so leise klingt und nicht mal ein Echo ertönt. Es ist, als ob ich in einem unsichtbaren Büro sitze, so klingt es jedenfalls.

Auf einmal wird mir bewusst, dass etwas anwesend ist. Niemand ist zu sehen, trotzdem spüre ich es sofort; ich bin nicht allein. "Hallo?" - Es antwortet niemand. Oder doch? Weiterhin spricht niemand mit mir, aber irgendwie kann ich spüren, dass da jemand verdammt gute Laune hat. Werde ich gerade belächelt?

Es ist bescheuert, sage ich zu mir, als plötzlich Wut in mir hochkocht. Ich kann doch nicht wütend sein auf etwas, das gar nicht da ist, und doch ist es so!

Willkommen zu Hause - sagt mir eine durch und durch freundliche Stimme in meinem Kopf, sodass ich meine Wut für einen Augenblick vergesse.

"Fuck", rutscht es mir heraus. Wieder kann ich die Belustigung um mich herum körperlich fühlen. "...ich bin tot, stimmt's?"

Du kannst nicht sterben.

Du bist für immer.

Willkommen zurück.

Weiß

„Ja... also bin ich tot." Wo zum Henker bin ich hier gelandet?!? Wiederholt sehe ich mich um und stelle jetzt erst fest, dass meine Umgebung doch nicht so starr weiß ist, wie ich zuerst annahm. Um mich herum pulsiert Licht. Mir war gar nicht klar, dass es so viele verschiedene Arten von Weiß gibt...

Du hast deinen menschlichen Körper verlassen. Nun ist es Zeit, dich zu erholen. Lass neue Energien zu dir kommen.

Hmm. Am liebsten möchte ich fragen, ob es nicht noch kryptischer geht. Stattdessen frage ich:

„Wer bist du?"

Ich bin hier, um dich in Empfang zu nehmen. So, wie du es wünschtest.

Also eines muss man der Stimme lassen. Sie quasselt zwar einen Haufen Müll, aber der kommt wie aus der Pistole geschossen. „Was ich mir wünsche, ist ein Sommertag mit meiner Freundin!" Wie soll ich jetzt zurück zu Biene kommen? Und was soll sie von mir halten, nun, da ich sie so versetze?

Ich korrigiere mich. Ich nehme dich in Empfang. So, wie du es geplant hast.

Das wird ja immer schräger, denke ich und bin etwas beunruhigt. Ich will, dass die Stimme verschwindet. Ich will, dass ich jetzt sofort aufwache – und einfach nur in Ohnmacht gefallen bin. Was weiß ich, weil es so heiß ist, oder so. Verliere ich gerade den Verstand?

Alles Wissen wird zu dir zurückkehren. Aber zuerst erhole dich.

Fast erwarte ich, dass mir die Stimme ein Schlaflied singt, tut sie aber nicht. Überhaupt schweigt sie sich plötzlich aus. Um mich herum wabert das Weiß; es hüllt mich ein in seine Wärme, beruhigt meine tosenden Fragen und Gedanken. Das einzige, was sich in meinen Gedanken manifestiert – ich habe meinen menschlichen Körper verlassen...

Ratlos

Es geht nirgendwo hin. Wenn ich mich in eine bestimmte Richtung um mich herum zu bewegen versuche, ist es, als stünde ich still. Ich fühle mich wie in Watte gepackt und dabei vollkommen verwirrt. Mir kommt die Idee, dass ich vielleicht im Koma liege. Menschen, die aus dem Koma wieder erwachen, erzählen ja mitunter die schrägsten Sachen. Biene, wo steckst du?

„Ok, genug verschnauft. Erklärt mir jetzt mal einer, was hier abgeht?" Ich habe mich nun lange genug allein gefühlt und will endlich Antworten. Oder viel besser, ich will aufwachen. Meine nähere Umgebung füllt sich mit... etwas. Das Lächeln in der Luft ist zurück.

Möchtest du beginnen?

„Womit?" Ich verstehe nur Bahnhof. Wieso sehe ich niemanden?

Mit der Rückschau. Du kannst auch noch war-

ten, bis du dich erinnerst. Doch ich sehe, du bist ungeduldig. Es ist in Ordnung, jetzt schon zu beginnen, denn die Energien fließen.

Boah. Bahnhof ist untertrieben! „Ehrlich gesagt, will ich einfach nur aufwachen."

Du wirst aufwachen, sobald du dich erinnerst.

„Und dann lebe ich mein Leben weiter?"

Du kannst dann ein neues Leben beginnen.

Irrsinn. Wahnsinn. Ich muss hier weg. „Liege ich im Koma oder sowas?"

Du hast dich von deinem menschlichen Körper vollkommen gelöst, denn du benötigst ihn nicht länger.

Wow. Nun komme ich so langsam an den Punkt, an dem ich heulen möchte. Entweder hat mich jemand unter Drogen gesetzt und mir passiert gerade der krasseste Trip überhaupt – oder ich bin tatsächlich gestorben und hänge jetzt im ... Himmel? Neue Fragen tun sich auf. BIN ich im Himmel? Überhaupt, käme ich denn dorthin? Ich meine, wie war denn mein Leben? War ich ... gut? Wie wird es weitergehen; kommt ein Richter um die Ecke und verliest alle meine Sünden?

Werde ich ... vor Gott gezerrt und ... keine Ahnung, muss ihm ein Gedicht aufsagen oder so? Ich weiß auch nicht, warum ich gerade jetzt an den Weihnachtsmann denke. Vielleicht, weil die beiden in meiner Vorstellung immer ähnlich aussahen. Jedenfalls bin ich sehr plötzlich sehr müde und kann gerade nicht reden. Oder fragen. Oder überhaupt *sein*. Ich bin so müde...

Es hat noch Zeit. Zuerst, erhole dich. Die Energien fließen zu dir.

Und schon bin ich wieder allein.

Wo wir schon mal hier sind...

Seltsamerweise verspüre ich immer noch keine Angst. Nein, ich bin nicht so blöd zu glauben, dass mein Leben wirklich gut war. War es nicht.

Da gab es immer; und vor allem immer wieder; Dinge, die ich gern anders gemacht hätte. Oder lieber gar nicht. Es gab so vieles, das ich vielleicht nicht hätte sagen sollen. Ach, ich weiß auch nicht. Aber Angst haben? Dazu fühlt sich die Stimme zu gut an. So durch und durch ... wohl gesonnen. Ehrlich, ich kann mich nicht erinnern, wann jemals überhaupt jemand so freundlich zu mir gewesen ist. Und das nicht einmal besonders wegen der Worte.

Ich fühle mich... angenommen. Und während ich noch darüber nachgrüble, wie es mir gerade geht, fließt diese gutmütige Präsenz wieder in mein Bewusstsein und macht sich durch ein Lächeln bemerkbar. Es lässt sich nicht besser erklären, zumal ich ja niemanden *sehe*. Sie ist einfach da.

Sie versteckt sich nicht und verbirgt ihre Stimmung nicht vor mir. Bin ich auf Drogen? Diese Möglichkeit möchte ich nicht vorschnell ausschließen.

Es ist nicht möglich, das Bewusstsein in diesem Zustand durch Drogen zu erweitern.

Wieder so ein Happen, den ich scheinbar einfach schlucken soll. Oder lieber nachfragen? Mir ist immer noch nicht ganz klar, was wir hier eigentlich tun. Da ich aber, wie es scheint, erst einmal festsitze, kann ich mich auch genauso gut darauf einlassen.

„Und warum nicht?" frage ich.

*Wir **sind** erweitertes Bewusstsein. In diesem Zustand ist nichts verborgen. Alles ist klar.*

Kann ich nicht wirklich behaupten.

Du wirst dich erinnern.

„Das sagtest du schon. Wer bist du überhaupt, hast du einen Namen?"

Namen sind nicht notwendig. Wir sind eins. Du fühlst, was ich fühle und umgekehrt.

„Und wenn ich dich anreden möchte?"

Dann sag einfach Du. Oder Wir, denn wir sind eins.

Ich möchte gerne noch viel mehr fragen, befürchte jedoch langsam eine Gehirnwäsche. Da dieses... Wesen jedoch darauf zu warten scheint, dass ich etwas tue oder sage – oder denke? – reiße ich mich zusammen. „Wo sind wir hier?" Das

Lächeln, da ist es wieder.

Wir sind in Gott.

Ach du liebe Scheiße! „Wie jetzt, in seinem …Bauch oder so?!"

Wir sind überall in Gott. Ob in menschlicher Form oder als reines Bewusstsein.

„Ok, aber wo? Ich meine, ist das hier der Himmel oder so?"

Wir verwenden diesen Begriff nicht, denn er trifft nicht zu. Dies ist kein Ort. Hierfür gibt es keine Koordinaten.

„Kannst du das so formulieren, dass ich es auch verstehe?"

Wir sind Seelen. Wir sind unsterblich und überall. Wir setzen uns keine Grenzen. Wir sind für immer.

Gott ist nur ein Begriff des menschlichen Geistes, um uns zu erfassen. Doch da er beschreibt, was wir sind, betrachten wir ihn als zutreffend.

Nachhilfe

Über meine Seele habe ich mir nie viele Gedanken gemacht. Um alles Mögliche – mein Gehalt, Arztbesuche, meine nervige Mutter, Steffis ätzende Freunde. Um Biene. Aber meine Seele?

Möchtest du nun beginnen?

Irgendetwas liegt scheinbar an, doch ich habe keine Ahnung, was mich erwartet. Dieses …Wesen – sorry, aber ich weiß immer noch nicht, wie ich es nennen soll – fragt mich das immer wieder, wenngleich es mich nicht bedrängt. Doch ich beginne zu ahnen, dass es unausweichlich ist. Also was soll's…

„Womit beginnen? Was ist eine Rückschau – ich meine, läuft jetzt mein ganzes Leben wie ein Film vor mir ab?"

Möchtest du das?

Ob es wohl was bringt, genervt die Augen zu verdrehen? Wahrscheinlich nicht. „Würde das denn Sinn machen? Hey, ich hab' das noch nie gemacht…"

Natürlich hast du das. Das haben wir alle. Aber nein, es macht keinen Sinn. Sehen wir uns lieber zuerst die Erfahrungen an, die zu deinem Seelenweg gehören.

„Moment!" rufe ich. „Willst du damit sagen, dass ich schon öfter gestorben bin?"

Lass es mich so ausdrücken: Du hast dich bereits mehr als einmal für ein menschliches Leben entschieden, weil du nicht jede Erfahrung in nur einem einzigen Leben machen kannst. Manche Erfahrungen wolltest du auch mehrmals machen, vor allem die, die wir in unserem jetzigen Bewusstseinszustand nicht erleben können.

Ja ja, Liebe und so. Hier wird es plötzlich cineastisch. Das wundersame Lächeln entsteht wieder um mich herum. „Und was soll mit Seelenweg gemeint sein?"

Es ist der Plan, nach dem du die gewünschten Erfahrungen in deinem menschlichen Leben abrufst.

Was für ein Kauderwelsch. Mir raucht der Kopf. Habe ich überhaupt noch einen Kopf? Was ist, wenn ich an einer Stelle nicht mehr folgen kann – gibt es hier auch sowas wie Nachhilfelehrer? Ich merke nur noch, wie ich plötzlich wieder müde werde und dieses Seelenwesen sich abermals zurückzieht. Für etwas Ruhe bin ich jetzt wirklich dankbar...

Rückschau (ne Walnuss)

Es ist ein Nachmittag im Herbst, so richtiges Schietwetter, als Oliver den Schulhof verlässt und den Weg in Richtung Jugendclub einschlägt. Dorthin geht er immer dann, wenn seine Eltern länger arbeiten müssen und er viele Hausaufgaben zu erledigen hat. Die anderen Kinder schätzen den Club wegen des Kickertisches. Er schätzt ihn, weil Pletti dort ist. Andrea Pletter arbeitet im Jugendclub. Mit ihr kann Oliver wunderbar reden.

Kaum fünfhundert Meter von der Schule entfernt, ist er bereits vollkommen durchnässt, trotz der Mütze und der Regenjacke. Der Wind dreht ständig und lässt den Regen von allen Seiten heranstürmen. Oliver beeilt sich zwar, aber er ist in Gedanken; er hört nicht, dass sich von hinten Schritte nähern; zumal der Regen auf seiner Wetterjacke laut herniederprasselt.

Als ihn Hände von hinten packen und ihm ein Bein gestellt wird, durchfährt ihn ein nie gekannter Schrecken. Er schreit auf, wird jedoch zu Fall gebracht und landet in einer großen, relativ tiefen Pfütze. Jemand springt auf ihn und drückt sein Gesicht ins schlammige Wasser, sodass er für einen Augenblick keine Luft bekommt. Dann, einen Moment später, ist sein Kopf wieder frei und er kann ihn zumindest so weit anheben, um atmen zu können.

„Das ist für dein vorlautes Maul, du Penner! Wenn du dich nochmal einmischst, dann kannst du was erleben!" Die Erleichterung ist groß, als der Junge Mirko Gaubers Stimme erkennt. Gott sei Dank, ist es kein Fremder. Er wird nicht entführt oder Schlimmeres! Doch die Erleichterung ist nur von kurzer Dauer, denn Mirko ist ein brutales Kind. Er rammt dem Jungen sein Knie in den Rücken, erst dann lässt er von ihm ab.

Oliver bleibt allein und unter Schmerzen zurück. Doch am schlimmsten sind die Demütigung und der Undank. Nur weil er dazwischen gegangen ist, als Mirko jüngere Schüler schikanierte, ist er das neue Ziel der Schikane. Und diesmal war natürlich niemand hier, um *ihm* beizustehen. Das hatte er nun davon…

*

Die Szene des in der Pfütze kauernden Jungen entfernt sich plötzlich und verblasst zu einem willkommenen, pulsierenden Weiß. Hätte ich noch Augen, würde ich vermutlich meine Verwirrung wegblinzeln. Ich habe ja mit vielen gerechnet – unzählige Erlebnisse, die mir da zuerst einfallen würden – aber nicht das.

„Irgendwie habe ich geglaubt, du würdest mit meinem Vater beginnen."

War er denn eine prägende Person in diesem Leben?

„Naja, nein. Er glänzte durch Abwesenheit. Meine Eltern haben sich früh getrennt."

Wir sehen uns an, was dir wichtig ist. Dieser Junge hat dir geholfen, deinen Seelenweg zu gehen.

Das soll wohl ein Witz sein? Dieser fiese Junge, den niemand leiden konnte? Der andere immer nur gequält und mir zwei Jahre lang Angst eingeflößt hat? Wie soll der mir geholfen haben? Ich bin plötzlich traurig und wünschte mir, ich wäre damals mutig gewesen.

Du warst mutig, als du deinen jüngeren Mitschülern geholfen hast. Mut war jedoch nicht die Erfahrung, die du machen wolltest.

„Ach, aber Dreck schlucken, das wollte ich unbedingt, ja?" Ich hatte schon geglaubt, alle Wut hätte mich verlassen, doch da ist sie plötzlich wieder. Jahrelang habe ich an diesen Tag nicht gedacht; und nun fühle ich mich, als sei es erst gestern gewesen. „Ich war wirklich verängstigt. Das war nicht das einzige Mal, dass er mich damals schikaniert hat."

Versuche, es zu sehen. Nichts ist verborgen. Es waren nicht die zwei vollkommen bewussten Seelen, die dort aufeinander getroffen sind, sondern nur ihre menschliche Inkarnation. Ihr hattet vereinbart, euch so zu begegnen.

Es klingt unglaublich abwegig. Ich merke, wie etwas in mir sich dagegen sträubt zu glauben, es könne ein Sinn in dieser langen Schikane gelegen haben. Am liebsten möchte ich zur nächsten Erinnerung übergehen. Aber mir ist schon klar, dass das hier wie ein Ratespiel funktioniert. Erst wenn die eine Nuss geknackt ist, bekomme ich die nächste serviert.

Spontan fällt mir dazu nur ein, dass ich Nüsse noch nie mochte!

…und knack

„Wieso, um alles in der Welt, sollte ich damit einverstanden sein, gequält zu werden? Das ist doch krank; ich meine… wer macht sowas?" Mirko war damals der Grund dafür, dass ich mich nicht alleine nach Hause getraut habe. Wann immer ich in den Pausen das Schulgebäude verließ, lauerte er in der Regel irgendwo, um mich anzurempeln; oder mir sogar ein Bein zu stellen.

Zwei Jahre lang gab es immer wieder Auseinandersetzungen zu Hause, weil ich ständig mit aufgeschürften Knien und kaputten Hosen heim kam. Erst, als Familie Gauber wegzog, endete diese schreckliche Zeit und ich erinnere mich noch gut an die immense Erleichterung, die ich verspürt habe. Doch wie vieles aus der Kindheit verblasste die Zeit irgendwann mehr und mehr. Bis heute dachte ich, sie würde mich längst mich mehr berühren.

Aber das tut es, nicht wahr?

„Ja." Dass dieses Wesen meine Gedanken liest, daran muss ich mich erst noch gewöhnen.

Jetzt fällt es dir noch schwer, dich dem Prinzip des gegenseitigen Helfens zu öffnen. Ich unterstütze dich dabei, denn darum bin ich hier.

Ein vielsagendes *na danke* – verkneife ich mir gerade noch.

Im jetzigen Zustand sind wir die reine Seele.

Die Seele ist Liebe. Was uns umgibt, ist Liebe. Der Schmerz und die Angst, die du erlebt hast, sind im Zustand des reinen Bewusstseins nicht möglich.

„Und warum nicht?"

Du fühlst, was ich fühle. Was fühlst du also, wenn du mir Schmerz zufügst?

„Na, wahrscheinlich Schmerz."

Wenn du erwartest, meinen Schmerz zu fühlen, würdest du ihn mir dann zufügen?

Ok, ich verstehe das Prinzip. Trotzdem ist es krank. „Wieso sollte ich dann da runter gehen, Mensch sein und die ganze Scheiße erleben wollen? Warum mache ich das freiwillig mit?"

Du suchst dir die Erfahrungen selbst aus, die du im menschlichen Zustand machen möchtest.

Ich komme mir vor wie ein kleines Kind, das einem Erwachsenen auf die Nerven geht. „Aber WARUM?!?" Ist das nicht ungeheuerlich? Der größte Haufen Kinderkacke, den mir je einer auftischen wollte. Ich denke nicht nur an mich, ich denke auch an meine Mutter und daran, was sie alles durchgemacht hat – wie nah sie manchmal am Abgrund getanzt ist... Ich meine – wie heißt dieses Spiel? Oh, jetzt ist er tot, na dann brechen wir sein Herz doch gleich nochmal...?! Was soll die Scheiße!

Das Seelenwesen lächelt nicht. Es ist einfach nur um mich; geduldig, verständnisvoll. Still.

Irgendwann beruhige ich mich wieder. Ein wenig.

Wonach du suchst, ist immer Liebe. Sie war es immer und wird es immer bleiben. Sie ist das einzige, woran wir wachsen. Sie ist das einzige Ziel. Leid zu erleben, war schwer für dich. Doch es hat dich zu mehr Liebe befähigt.

Wenn ich könnte, würde ich heulen. Wirklich, ich will es. Und das war nur der Anfang! Ist es denn überhaupt wahr? Bisher war ich immer der Meinung, diesen Kerl gehasst zu haben. Ich krame in meinen Gedanken, was übersehe ich? „Ich sehe nicht, wie das stimmen kann? Wie hat es mit Liebe zu tun?"

Etwas in der Energie meiner Umgebung ändert sich, das merke ich sofort. Es ist nicht wirklich so, dass etwas geschieht, sondern etwas ... umfasst meine Gedanken – oder meine Aufmerksamkeit – wie zwei Hände einen kleinen Vogel festhalten würden; und führt sie zurück in mein Leben. Zurück zu Stationen, die mir noch vollkommen klar vor Augen stehen. Manches hatte ich aber auch total vergessen.

Ich sehe, wie ich meine Mutter tröste. Sie ist im Büro gemobbt worden, das hat mich wirklich angepisst. Ich sehe Steffi, die gerade von ihrem Freund verlassen wurde – und wie ich sie im Arm halte während sie weint.

Ich sehe mich meine Mütze an einen Obdachlosen verschenken, der nichts als ein paar Zeitungen besitzt, um sich nachts damit zuzudecken. Dann plötzlich wieder Steffi, als sie ihr Abi verhauen hat und ich ihr Selbstbewusstsein wieder aufbaue. Danach dieser Typ, dem ich eben *keine* reingehauen habe, *obwohl* er so ein Idiot war und es meiner Meinung nach verdient hatte.

Und Biene, die ich einfach mit nach Hause genommen habe, als sie nicht wusste wohin.

Aus irgendwelchen inneren Tiefen – oder einer inneren Quelle – erreicht mich plötzlich ein Gefühl des Triumphes; ein Gefühl wilder Freude über all diese wunderbaren Momente. Und ob da Liebe drin steckte!

Leid zu erleben, lehrt uns, es nicht an andere weiterzugeben. Es lehrt uns Verständnis und Mitgefühl; und Mitgefühl ist eine wichtige Erfahrung, die Menschen nur dann machen, wenn sie verstehen, was Leid ist.

Soweit so schwindelig. Ehrlich, mir schwirrt der Kopf vor lauter... Glück, hätte ich es fast genannt. Ich versuche wirklich, auf dem Teppich zu bleiben...

Knack knack

„Ok, vielleicht stelle ich mich doof an, aber ich kapier' es immer noch nicht ganz. Ich meine, wenn die reine Seele nur Liebe und den ganzen Tag nichts anderes als liebevoll ist – du verstehst schon – welchen Sinn hat es dann, ein ganzes Menschenleben nach Erfahrungen zu suchen, die uns eben diesem Ziel näher bringen. Und das, obwohl wir dann wieder hierher zurückkommen, wo wir eh schon wissen, worauf es ankommt?"

Ist das eine blöde Frage? Ich finde nicht. Denn es macht doch wirklich keinen Sinn!

Glaubst du mir, wenn ich dir sage, dass du schon mehrere Leben gelebt und in ihnen auch Leid erfahren hast?

„Muss ich ja wohl... ja."

Und hat das in diesem Leben dazu geführt, dass du vollkommen in Liebe gelebt hast; sie als dein einziges Ziel angesehen und niemandem Leid zugefügt hast. Auch nicht dir selbst?

Treffer. Versenkt.

Mir selbst

Mir selbst. Mir selbst. Mir selbst. Mir selbst. Mir selbst.

So eine bescheuerte Frage!

Oder...?

Natürlich habe ich mir selbst wehgetan. Und

Biene. Uns beiden. Irgendwie haben wir es einfach nicht auf die Reihe bekommen. Wir waren zusammen, dann wieder nicht so richtig, dann wieder doch - und nichts hat funktioniert, aber ich konnte sie einfach nicht gehen lassen. Wir haben uns, bildlich gesprochen, zum Schluss die Augen ausgekratzt. Das hat wehgetan.

Eines Tages dachte ich, ich hätte endlich was dazu gelernt und sie tatsächlich rausgeworfen. Das hat sogar VERDAMMT wehgetan. Biene immer wieder abzuweisen und ihre Tränen zu ignorieren – wem mache ich eigentlich was vor. Im Grunde habe ich mir selbst immer wieder das Herz gebrochen.

Wie sehr sie mir fehlt!

Aber hey, so war es gar nicht. Ich meine, schon, ja. Aber das war noch nicht das Ende vom Lied. Sie war mein kleines Bienchen und würde es immer bleiben! Mit ihren blondierten Zottelhaaren und ihrer oberhässlichen Mütze.

Nachdem ich mich drei Wochen durch mein inneres Chaos gekämpft, schließlich alle ihre Sachen in Kisten verpackt und diese dann eine ganze weitere Woche einfach nur angestarrt hatte; konnte ich es immer noch nicht über mich bringen, ihr die Sachen rüber zu fahren. Der Gedanke allein machte mich fertig!

Es gab nur eines, das ich tun wollte; nämlich hinfahren, ihr den Schlüssel mit dem Fledermausanhänger wieder in die Hand drücken und ihr sagen, wie sehr ich sie liebe. Sie um Verzeihung bitten. Sie wieder nach Hause holen.

Und das tat ich auch.

„…oder habe es versucht, als… mir ein Klavier auf den Kopf fiel. Oder ein Blumentopf. Oder wurde ich überfahren? Wie zum Henker bin ich eigentlich gestorben?" Was soll's. Ich sollte wohl einfach dankbar sein, dass ich keinen Schmerz gespürt habe.

Das freundliche Seelenwesen folgt gelassen, dabei allerdings sehr interessiert, meinen Gedankengängen. Spontan beschließe ich, dass es jetzt Irma heißt.

Darüber muss Irma nun doch *lächeln*. Humor hat sie auch noch…

Mittenmang

In meinem wirklichen Leben – wie lustig das klingt; als hätte ich ein Doppelleben als Superheld oder so – gab es so vieles, das mir wichtig erschien und woran ich mich festgehalten habe. Meinen coolen Job als IT-Programmierer zum Beispiel. Oder die einfache Tatsache, dass ich in einer guten Gegend wohne. Das hat mich mit Stolz erfüllt; und ich habe meinen Wert daran gemessen, wie schwer mein Bankkonto ist und wohin ich in den Urlaub fahre.

Leuten wie meiner Schwester, war sowas immer völlig egal. Steffi zog nach der Schule raus in die Welt und schickte mir erstmal ein Jahr lang Postkarten aus den USA, wo sie auf irgendeine Band stieß, sich in den Schlagzeuger verliebte und quasi mit ihm im Tour Bus lebte. Von meinem Bürostuhl aus habe ich mal schön auf sie herabgesehen. Dabei ... hat sie alles richtig gemacht. Sie hat gemacht, was sie wollte und ihr Herz war dabei Bestimmer.

Meine Sehnsucht ist grenzenlos. Sie zieht mich fort aus dem wunderschönen Weiß, das mir Frieden verspricht; hinaus in die Welt der Farben und Formen, wo Worte missverständlich sind und verletzend. Zurück zwischen die Menschen, die einfach nicht aufwachen wollen; die nicht aufhören können, sich weh zu tun; die es immer noch nicht besser wissen. Zurück zu...

„Oh natürlich, wie klischeehaft ist das denn bitte?!"

Jeder hat schon einmal über seine eigene Beerdigung nachgedacht. Jeder! Aber niemand ahnt, dass er sie auch erleben wird.

Da stehen sie nun und ich mittenmang. Naja, ich habe nicht wirklich einen Körper, aber irgendwie bin ich doch hier und kann ihre spüren, sehe meine Freunde und Bekannte – und weiß sofort, wer wegen mir kam und wer sich einfach nur hinterher durchfuttern will. Einige wischen sich verstohlen die Augen.

Was mich überrascht; und auch ein wenig schockiert – ich fühle keinen Schmerz. Ich fühle… ich weiß nicht, *was* ich fühle, aber Schmerz ist es definitiv nicht!

Wenn der Körper seine letzte Ruhe findet, hat die Seele längst losgelassen.

Das Bild eines Marionetten-Spielers drängt sich mir auf. Mir gefällt jedoch nicht, wie das aussieht. Aber Irma ist wirklich phantasievoll. Sie zeigt mir einen wunderschönen Strand. Dort sehe ich mich selbst mit den Füßen im Wasser stehen; oder auch hin und her laufen. Unter meinen Fußsohlen fühle ich den Sand. Oder auch Muschelkalk. Hier und da ein paar Algen; dann wiederum Steine…

Du begibst dich nur mit einem Teil von dir ins Wasser, damit dieser Teil fühlen und spüren kann, was er außerhalb des Wassers so nicht vorfindet. Hast du alle gewünschten Erfahrungen gemacht, ziehst du die Füße wieder heraus.

Das klingt sehr nach einer Gebrauchsanweisung für diese gruseligen kleinen Knabberfische, die einem die Hornhaut von der Sohle holen… aber ich verstehe, was sie mir sagen will. Warum bin ich hier? Irgendetwas hat mich hergeführt.

Warum sehe ich Biene nirgends?

Schwesterworte

„Vor vielen Jahren, als wir noch zur Schule gingen – in der vierten Klasse, glaub ich - bekam meine Klasse die Hausaufgabe, einen Aufsatz zu schreiben: Beschreibe deinen Helden... Mein Held war damals der Eismann, ich wollte ihn sogar heiraten.

verhaltenes Lachen –

Am liebsten möchte ich diesen Aufsatz noch einmal schreiben, denn mein Held ist heute mein großer Bruder. Na klar, er hat immer was zu meckern gehabt. Steffi, jetzt wasch dir doch mal dieses Pink aus den Haaren. Steffi, wann holst du dein Abi nach? Steffi, nicht schon wieder ein Tattoo. Da war er nicht der Einzige, aber er war der Einzige, der es mit einem Zwinkern tat. Ganz egal, was Olli sagte – ich hab eigentlich immer nur eins rausgehört. Nämlich Steffi, ich hab dich lieb.

Mir war immer klar, da wo Olli ist, da ist 'ne Couch, auf der ich schlafen kann, wenn mal alles schief geht. Vielleicht... habe ich mich zu oft auf ihn verlassen. Aber das hat mir den Rücken gestärkt. Ich glaube, ich bin nur ausgewandert, weil ich wusste, wohin ich zurückkommen kann. Wenn's nicht klappt, meine ich.

Olli war ein Spießer. Aber er war wirklich mein Lieblingsspießer.

Er fehlt mir so unendlich.

Tränen –

Wenn er mich jetzt hören könnte, dann würde ich ihm sagen, dass ich endlich mein Abi in der Tasche habe, weil er so ein sturer Esel geblieben ist. Stur, weil er nicht aufhören wollte, an mich zu glauben. Und dass ich ihn liebe… für immer."

Steffi tritt vom offenen Grab zurück und faltet ihr kleines Papier wieder zusammen. Ihr Gesicht ist feucht, als sie leise – so leise, dass nur ich es hören kann – wispert: „Das war nur für dich."

Danke! – hauche ich – *ich liebe es!*

Da ist es plötzlich, ein kleines, trauriges Lächeln.

Unter Freunden

„Er hatte immer diese dämlichen Sprüche drauf", das ist Jens, mein bester Freund. Oder Jensen, oder Jensman. „Ohne Fleiß kein Reis."

„Wie du mio, oh so ich dio", ergänzt Steffi.

„Wer ander'n eine Gräbe grubt, sich selber in die Nase pupt."

Darüber lacht sich meine Schwester natürlich scheckig.

„Keen Jefummel ohne Glockenjebimmel."

„Hey, das ist aus Robin Hood!"

Meine Mutter seufzt, muss aber ebenfalls grinsen. „Das war sein Lieblingsfilm." Das Café, in dem sich die kleine bunte Trauergesellschaft zusammengefunden hat, ist nett. Gefällt mir wirklich, warum ist es mir nie aufgefallen?

„Und er hatte immer Bücher überall rumliegen. Sogar auf dem Klo."

„Wie man drei Bücher gleichzeitig lesen kann, ist mir ein Rätsel"

„Quatsch drei! Fünf mindestens, Mama..."

„Und... den Focus!" äfft mich Jensen mit erhobenem Finger nach. Wieder lachen sie. Und ich auch, irgendwie. Soweit das ohne Mund oder Lippen möglich ist. Lachen wird ohne Körper zu einer alles umfassenden Tätigkeit. Weinen allerdings auch.

Weit und breit keine Biene.

Irgendetwas Schreckliches muss ich getan haben, dass sie nicht mal zu meiner Beerdigung kommt...

Rückschau (ne Haselnuss)

Nachts im eigenen Haus herum zu schleichen macht wenig Sinn. Es sei denn, man ist Schlafwandler, sucht den Schrank mit der Schokolade, oder hat etwas vor, das nicht richtig ist. Überaus vorsichtig, um niemandem im Haus zu wecken, nahm der Junge eine Stufe nach der anderen. Er wusste ganz genau, welche der Stufen knarzte, wenn man drauftritt. Diese ließ er deshalb aus und bewegte sich dabei so langsam und konzentriert, dass ihm der Schweiß unter dem Schlafanzug ausbrach.

Es war ein altes Haus; über hundert Jahre hatte es schon auf dem Buckel. Und alte Häuser machen es sich irgendwann zur Angewohnheit, nachts zu seufzen und zu schnaufen. Das machte es dem Jungen schwer zu unterscheiden, ob sich tatsächlich etwas regte, oder ob es einfach nur die Holzbalken des Daches waren, die missbilligend über ihm knackten.

Seine Sinne waren vollkommen überreizt, als er endlich unten ankam und zur Garderobe schlich. Denn dort bewahrte seine Mutter ihre Geldbörse in einer der Jacken auf.

Es raschelte etwas, als er die Jacken befühlte und nach der Ausbuchtung und dem Gewicht der kleinen Lederbörse suchte. Nicht laut, aber laut genug, um seine Nerven noch weiter zu spannen. Nach einer Weile glaubte er bereits, seine Mutter hätte das blöde Ding nun woanders hingelegt; oder versteckt vielleicht. War er etwa aufgeflogen? Doch dann endlich, seine Hand fand, was sie suchte und zog es aus der Innentasche der Kapuzenjacke, die seine Mutter bei schlechtem Wetter trug.

Er hatte bereits Übung darin, den Klickverschluss lautlos zu öffnen und schaffte es auch diesmal. Dabei hoffte er sehr auf viele Münzen. Wenn davon etwas fehlte, so nahm er an, würde es nicht so sehr auffallen. Doch als seine Finger hineinfassten, fanden sie nur ein Stück Papier.

Er hielt inne; war das ein großer Schein? Doch als er es herauszog und entfaltete, musste er näher an das kleine blinkende Licht am Telefonapparat rücken, damit er erkennen konnte, was er da gefunden hatte:

Mein liebes Kind,

ich habe sehr gehofft, dass das Mopsen von allein wieder aufhört.

Doch inzwischen bin ich traurig und enttäuscht, dass in meiner Familie gestohlen wird.

Haben wir das wirklich nötig? Leider wird es in diesem Jahr keine Weihnachtsgeschenke

geben, für keinen von euch beiden. Denn das Geld dazu hast du für dich allein genommen.

Mama

Beinahe erwartete der Junge, dass das Licht angehen, und die Mutter plötzlich in der Tür stehen würde, mit ihrem *Ich-bin-so-enttäuscht-Blick*. Doch nichts dergleichen geschah. Er stand einfach nur allein und barfuß in der Dunkelheit; ertappt und bloßgestellt. Und er fühlte etwas, das ihm vollkommen neu war; eine neue Qualität der Schuld – denn am Heiligabend würde er mit ansehen müssen, wie seine kleine Schwester weinen und nicht verstehen würde, womit sie das verdient hatte.

Der Junge, der sich zurück ins Bett schlich und den Rest der Nacht frierend wach lag, war nicht derselbe Junge, der sich zuvor rausgeschlichen hatte.

…angeknackst

„Das war keine meiner Glanzleistungen", im Gegenteil. Diese Nacht gehört zu dem schlimmsten Dingen, die ich je erlebt habe. Das mag ja seltsam klingen, aber so ist es. In dieser Nacht hatte ich es so richtig verbockt.

Du warst ein Kind.

„Na und? Ich wusste, dass ich etwas Unrechtes tue." Warum wohl habe ich mich heimlich nach unten geschlichen. Und warum nur holt Irma diese Geschichte hervor! Ich meine, ich WEIß ja, dass das Mist war…

Sieh noch mal genauer hin.

„Nein."

Du selbst hast dir diese Erfahrung herbeigerufen.

Es ist schwer, das zu akzeptieren, wenn man daran immer wieder zu kauen hatte. Ja ok, ich bin ein Sensibelchen, was das angeht. Andere Jungs hätten das einfach abgeschüttelt und behauptet, sie wüssten von nichts. Oder dass es jemand anderes gewesen ist. Aber... ich konnte das nicht. Der Gedanke, dass meine Mutter enttäuscht von mir ist, der hat mich fertig gemacht – ich war erst elf Jahre alt! Und dann war da noch Steffi. Meine kleine unschuldige, nervtötende Schwester...

„Weißt du, es wäre vielleicht gar nicht so schlimm gewesen, wenn ich meiner Mutter nach dieser Nacht gestanden hätte, dass ich es war. Sie wusste ja nicht, welcher von uns beiden das Geld immer wieder genommen hat..."

Eine Welle durchspült mein Bewusstsein, mein ganzes Wesen. Es ist... Wissen – nein, eine Erkenntnis – woher kommt das auf einmal? „Oh. Sie wusste, dass ich es war..."

Ja, das wusste sie.

„Aber... das bedeutet..."

Sie hat dir die Gelegenheit gegeben, es zu beichten.

Und ich habe sie nicht ergriffen. Oh man, ich war so ein Idiot. Wochenlang tat ich so, als sei nichts gewesen und bin dabei innerlich immer kleiner geworden. Sie hat mich geküsst und gekuschelt – ebenfalls als sei nichts gewesen. Wie hat sie das nur tun können, sie muss doch wahnsinnig enttäuscht gewesen sein. Wenn nicht gar abgestoßen... angewidert...

Du warst ein Kind. Ihr Kind. Sie liebte dich trotzdem.

Irgendwann – das ließ sich blöderweise nicht verhindern – war es dann Heiligabend. An diesem Tag bin ich schon mit einem langen Gesicht aufgestanden. Nicht so Steffi. Sie hüpfte den ganzen Tag herum, sang ihre lustigen Weihnachtslieder und sagte immer wieder die Liste mit ihren Wünschen auf. Es war nicht mal etwas Unverschämtes dabei, Mädchenkram – aber Steffi war immer recht genügsam.

Nur ich allein wusste von uns beiden, dass sie nichts davon bekommen würde. Obwohl sie es mehr als verdient hatte. Ich selbst hatte mir ein Fahrrad gewünscht. Ganz und gar nicht bescheiden.

„Nach dem Abendessen rief Steffi plötzlich *Bescherung!* und rannte ins Wohnzimmer, wo sonst die bunten Pakete unterm Baum lagen. Ehrlich, ich dachte, ich geh kaputt! Aber dann...

...lagen da tatsächlich lauter Geschenke und sie fing an, wie wild ihre Päckchen auszupacken und zu kreischen, weil sie sich einfach so wahnsinnig freute. Für mich stand da ein einziges, riesiges, vollkommen schiefes Paket mit meinem Namen darauf. Ehrlich, mein Verstand war wie ausgeblasen, als ich es auspackte. Ich habe mit allem gerechnet, mit irgendeinem grausamen Scherz oder ... einem Haufen Dreckwäsche – was weiß ich…

Doch es war mein Fahrrad.

Sie schenkte mir das Fahrrad, das ich mir gewünscht hatte.

Ich glaube, ich habe vorher noch nie im Leben so geheult, wie in diesem Moment. Statt mich zu freuen und zu kreischen wie Steffi, fing ich an zu flennen und warf mich meiner Mutter in die Arme. Ich wollte ihr alles sagen und sie um Verzeihung bitten – all die Wochen voller Schuldgefühle und schlechtem Gewissen, das brach alles auf einmal aus mir heraus. Aber ich konnte es nicht sagen, weil ich Rotz und Wasser heulte.

Und sie … hat mich einfach festgehalten, als sei sie mein Anker. Und das war sie auch!"

Was geschah in diesem Moment?

„Vergebung."

Irma lächelt ihr wärmstes Lächeln.

Aber?

…und knack

Meine Mutter hatte mir längst vergeben.

Aber…

„Ich habe das nie ganz vergessen können.

Wann immer ich daran dachte, selbst Jahre später, verursachte es einen Stich im Herzen. Das ist seltsam…"

Du selbst hast dir nicht vergeben.

„Nein, ich glaube, das habe ich nicht." Kaum dass ich es ausspreche, fängt Irma meine Gedanken auch schon ein, legt sich um mich wie Honig um eine wunde Kehle und wärmt mein Inneres. Als sei ich der Junge von damals und sie meine Mutter. Das tut mir unglaublich gut. Endlich kann ich diesen Teil von mir loslassen. Endlich kann ich Vergebung zulassen.

Wieso nur ist das früher so schwer gewesen?

Siehst du, wie wichtig Vergebung für dich ist? Für uns alle?

Ich sehe es nicht nur, ich fühle es mit allem, was ich bin. Mehr noch, ich sehe endlich, weshalb ich diese Erfahrung als so wichtig empfunden habe, dass ich sie unbedingt machen wollte.

All die schlechten Gefühle, die mein damaliges Tun in mir hervorgerufen haben – Schuld, das schlechte Gewissen, lauter Ängste dass ich nicht mehr liebeswert oder ein schlechter Mensch sein könnte – all dies hat mich damals so tief beeindruckt, dass ich mein Handeln hinterher vollkommen anders ausgerichtet habe.

Seit diesem Heiligabend hatte ich zu meinem inneren Kompass gefunden, der mir eindeutig zeigte, welcher Weg der richtige und welcher der falsche Weg ist. Einmal mein Gewissen entdeckt, kam ich nie wieder dagegen an; es zwang mich immer auf den richtigen Weg zurück.

Wann immer ich morgens aufstand und den Mann, der mir im Spiegel entgegenblickte nicht mochte, war mir klar, dass ich wieder Bockmist gebaut hatte. Und es ging mir erst dann wieder besser, wenn ich den Grund dafür aus der Welt geschafft hatte.

Du hast in diesem Leben einen starken inneren Wegweiser und hohe moralische Ansprüche an dich selbst entwickelt.

„Das ist doch etwas Gutes, nicht wahr?"

Für sich allein trifft das zu. Doch sieh den Zusammenhang, denn du hast eines nicht gelernt.

„…wie ich mir selbst vergebe…"

Hohe moralische Ansprüche ohne Vergebung führen zu Zwang und Härte. Du warst immer wieder hart zu dir, als du dir stattdessen hättest vergeben sollen.

Sei gut zu dir, sei nachsichtig, denn nur du selbst kannst dir Vergebung schenken. Selbst dann noch, wenn andere dir längst verziehen haben.

„Was, wenn der andere mir nicht verzeihen *kann*? Oder *will*…?"

Nur du selbst kannst dir die Vergebung schenken, die dich befreit. Das zeigt sich vor allem dann, wenn ein anderes Wesen die Lektion der Vergebung noch nicht gelernt hat. Hier wird es umso wichtiger, dass du selbst gut zu dir bist.

Wir alle stehen auf unterschiedlichen Stufen unserer Entwicklung. Erkenne an, dass wir nicht im Wettstreit zueinander stehen, sondern sich jeder in seinem eigenen Tempo entwickeln darf. Kann dir ein anderer Mensch nicht vergeben, dann ist er noch nicht so weit. Es ist sein Stand der Entwicklung, akzeptiere es.

Du gehst weiter, und zwar in deinem eigenen Tempo. Das kannst du jedoch nicht, wenn du dich von der Vergebung des Anderen abhängig gemacht hast. Es ist daher wichtig, dem Anderen diese Macht über dich wieder zu entziehen, damit jeder von euch sich wieder seiner eigenen Entwicklung widmen kann.

Bitte unterscheide: jemanden aus ehrlichem Herzen um Verzeihung zu bitten oder sich von seiner Vergebung abhängig zu machen, ist keinesfalls dasselbe.

Was für ein Vortrag! Ok, an dieser Stelle sei folgendes gesagt:

Wenn mir zu Lebzeiten so jemand wie Irma untergekommen wäre; mit Perlen im Haar, mit Gesundheitslatschen und ein paar fetten Klangschalen im Wohnzimmer – so stelle ich sie mir nun mal vor - um mir eben diese Weisheiten unterzujubeln... ich hätte aber gemacht, dass ich da weg komme! Wahrscheinlich wäre ich direkt zu Jensen marschiert, hätte ein paar Bier gekippt, mir mit ihm das Spiel angesehen und irgendwann über den ganzen Scheiß abgelästert.

Am liebsten täte ich das immer noch.

Aber nur, weil ich die Wahrheit in Irmas Worten sehe. Wahrheit hat tatsächlich ein Gewicht. Und sie wiegt schwer!

Nur wenn wir lernen, gut zu uns selbst zu sein und uns vergeben; nur dann sind wir in der Lage auch anderen zu vergeben. Diese Lektion hat dir deine Mutter angeboten.

Fast erwarte ich, benotet zu werden. Am Thema vorbei, das wird dann wohl eine sechs... Aber nein, mir erklärt sich langsam, wie das hier funktioniert. Irma ist... nun, sie liebt mich, irgendwie... auf eine platonische... asexuelle... mir vollkommen neue Art und Weise. Und ja, das klingt auch komisch, wenn man es *nicht* laut ausspricht.

„Liebst du mich?" frage ich völlig spontan und Irma zögert nicht.

Das tue ich.

Sie ist unglaublich. Ehrlich, ich mag sie! Auch mit Klangschalen.

„Ich hatte die Lektion über Vergebung wohl nicht so richtig verstanden. Was bedeutet das; ich meine, wie geht es jetzt weiter?"

Wie ich dich kenne, wirst du diese Erfahrung wiederholen wollen. Vielleicht näherst du dich die-

sem Thema beim nächsten Mal auf dieselbe Weise; vielleicht aber auch auf eine ganz andere.

„Warte mal. Willst du sagen, wir hatten schon öfter miteinander zu tun?"

Natürlich. Ich erwähnte bereits, dass es dein Wunsch war, von mir in Empfang genommen zu werden.

„Aber wieso?"

Wir sind eins.

Ja doch! Dieses Theater hatten wir doch schon. „Aber wieso gerade du und keine der anderen Seelen?" Ob ich an ihrer Stelle auch so viel Geduld mit mir hätte?

Wir helfen einander. Ich helfe dir, die Qualität deiner Erfahrungen, also deinen Seelenweg, zu erkennen. Und du unterstützt mich bei meinem Seelenweg.

Hab Geduld, alles zu seiner Zeit.

Ein Danach

„Wieso machst du schon wieder Bouletten?"

„Das war sein Lieblingsessen."

„Ich dachte, er mag am liebsten Schnitzel?"

„Ich werde doch wohl wissen, was mein Sohn

am liebsten hatte!"

Tränen.

Ein Stuhl wird gerückt.

„Fuck... Mama, komm mal her!"

Zwei Frauen, die sich festhalten.

Melodie in Türkis

Wir alle verlassen die Erde eines Tages.

Jeder weiß das.

Jedes Kind hat schon einmal... einen Goldfisch im Klo herunter gespült. Oder einen Hamster begraben. Oder eine Katze am Straßenrand liegen sehen, die von einem Auto überfahren wurde. Gut, nun werden Menschen nicht im Klo herunter gespült, aber sie gehen ebenso fort. Was zurückbleibt, ist leer.

Ich frage Irma, wieso überhaupt etwas zurückbleibt. Weshalb lösen wir uns nicht einfach auf, in bunten Sternenstaub; werden zu Nordlichtern die nachts durch die Träume unserer Lieben wabern? Ihre Antwort ist so simpel wie einleuchtend.

Die Menschen brauchen etwas, das sie loslassen können. Würden wir einfach verschwinden, verpuffen; dann würden die, die uns lieben, auf ewig nach uns suchen. Sie würden darüber ihre eigenen Seelenwege vernachlässigen.

Doch wenn sie sehen, wie unbewohnt und leer die verbleibende Hülle ist, fällt es leichter, den Tod anzuerkennen.

Wie es mit jenen steht, die jeden Tag ans Grab kommen und trotzdem nicht loslassen können – frage ich mein Irmchen. Fast kann ich sie nicken sehen. Und dann lehne ich mich zurück, als läge ich auf dem Rücken; in irgendeinem wundervollen türkisfarbenem Meer das nur aus Melodien besteht. Von den Klängen lasse ich mich hinfort tragen und spüre zum ersten Mal, was sie mit fließenden Energien meinte. Sie bringen mir Frieden.

Doch dann dringen Irmas Gedanken zu mir durch und ich stelle mir meine Mutter vor, die jeden Tag Blumen an mein Grab bringt, mit mir spricht und versucht, nicht in Tränen auszubrechen. So, als wolle sie immer noch stark sein für mich.

Du musst nicht stark sein – denke ich – sei schwach. Sei traurig, lass alles raus. Je mehr aus dir heraus fließt, desto eher und besser können neue Energien zu dir kommen; dich wieder auffüllen! Alles fließt. Nichts bleibt, wie es ist. Und genau darum geht es, begreife ich. Veränderung.

Leben ist Veränderung.

Wer sich davor verschließt, der bleibt stehen. Und wer stillsteht, verlässt seinen Seelenweg.

„Mama…" hauche ich, denn auch sie dringt zu mir durch.

Der Kern der Dinge

Das blöde an Diskussionen mit Irma ist, dass man mit ihr nicht diskutieren *kann*. Zu keiner Zeit benimmt sie sich mir gegenüber weniger nachsichtig, weniger rücksichts- oder liebevoll. Und sie hat auf alles eine Antwort. Im Grunde führe ich mit ihr ein Interview, auf das ich mich schlecht vorbereitet fühle. Aber sie gibt mir das Gefühl, als sei jede Frage willkommen und als hätten wir alle Zeit der Welt.

Wahrscheinlich stimmt das sogar.

„…aber es stimmt nicht, dass ich anderen nicht vergeben konnte. Das habe ich, oft. Wenn mich jemand versetzt hat – was bei Jens eigentlich immer vorkam; wenn mich jemand beleidigt hat oder angelogen. Es fiel mir sogar leicht, zu verzeihen."

Vergebung kann nur dort geschehen, wo wirklicher Schmerz zugefügt worden ist; körperlich oder seelisch.

So läuft das schon die ganze Zeit. Ich stelle konkrete Fragen zu meinem Leben und bekomme scheinbar allgemeine Antworten, die mir das Universum erklären sollen. Und dann brauche ich immer etwas Zeit – witzig sowas zu sagen in einem zeitlosen Zustand – mir die Antwort zu übersetzen.

Wenn du von deinem besten Freund versetzt oder auch beleidigt wurdest, fühltest du dich dadurch verletzt? Oder ungeliebt? Oder herabgesetzt? Hattest du dadurch das Gefühl, zu weniger Liebe für ihn fähig zu sein?

„Mal abgesehen davon, dass ich ihm seine Fehltritte noch ewig vorgehalten habe... nein. Er ist eben Jens, und so war er auch schon immer. Aber wenn's drauf ankommt, kann ich mich auf ihn verlassen." Das hat er mehr als einmal bewiesen.

Dann warst du in einem Zustand der Akzeptanz und Liebe für ihn, den du für dich selbst bis zuletzt nicht erreicht hast. Deine Liebe und Freundschaft waren an keine Bedingungen gebunden. Darum konnte er dich nicht verletzen. Also war Vergebung nicht notwendig. Zeige mir jemand anderes...

Abermals gebe ich mich der Strömung hin, die mich zurückführt. Dorthin, wo alles so wenig Sinn machte. Ich beginne, meinen körperlosen Zustand wirklich zu mögen und mich zu fragen, wieso mir nicht schon zu Lebzeiten alles irgendwie laut und grell und kantig vorkam. Doch Irmas Interesse lenkt mich ab von dem, was ich sehe hin zum wirklichen Kern der Dinge.

Diesmal stehe ich nicht mittendrin, sondern wir sehen uns tatsächlich eine Art Film an, denn die Szenen fluten durch mich hindurch und ich darf alles noch einmal erleben. Die Gefühle noch einmal fühlen, die mich jahrelang begleitet haben. Irma zeigt mir das Leben ohne Vater; für mich war es das mehr als für meine Schwester, denn sie war damals noch zu klein, um sich an ihn zu erinnern. Ich hingegen... war unglaublich verletzt, als er mich verließ.

„Sagtest du nicht, er sei keine prägende Person in meinem Leben gewesen?"

Nein, du selbst warst dieser Meinung. Nun sehen wir uns an, weshalb er für deinen Seelenweg doch wichtig war...

Die Karte

„Gab es heute Post?"

„Da ist ein Brief für dich gekommen."

„... aber das... ist eine Karte von... eurem Vater!"

„WAS?!? Zeig mal her!"

Liebe Margot,

ich kann es gar nicht begreifen.

Es tut mir unendlich leid

Für dich, für Stefanie, für uns alle.

In stiller Trauer und Anteilnahme

Georg

„Pffft. Für uns alle, mit welchem Recht!"

„Tja, seine Anteilnahme ist jetzt auch nicht größer als in den ganzen Jahren zuvor. Er hat es nicht mal für nötig gehalten, zur Beerdigung zu erscheinen."

„Es liegt 'n Hunderter bei…"

„Oh, wie *großzügig*! Nimm ihn zum Tanken, Liebes."

„Mama? Olli hatte da sowas laufen. Er hat jedes Jahr an die Deutsche Krebshilfe gespendet. Immer am 07.06."

Aufsteigende Tränen.

„Hat er das? Hat er mir nie erzählt."

Ein Seufzen, eine Gänsehaut.

„Dann spende das Geld, damit anderen auch geholfen wird."

„Mama? …gehst du noch zur Nachsorge?"

„Natürlich Schatz, keine Sorge, ich bleib' dir noch erhalten…"

Ein Lächeln. Nein, zwei.

Wie man eine Nuss mit dem Kopf knackt

„Wieso willst du unbedingt, dass ich ihm vergebe?"

Es geht nicht darum, was ich will.

„Und wenn ich das nicht kann? Was, wenn das eben mein Stand der Entwicklung ist? Ich meine, du warst es, die sagte, man muss das respektieren." Ok, das klingt jetzt irgendwie bockig, höre ich selber. Das ist dann wohl der Teil von mir, der sich noch an das Leben klammert. Verzeihung, an dieses letzte Leben; scheinbar gab es da ja mehrere.

Irgendwie ist es müßig, wenn ich mir überlege, dass ich diese Wiederkäu-Nummer nach jedem Leben durchmache.

Was kannst du deinem Vater nicht vergeben?

„Dass er nicht da war, natürlich. Dass er uns allein gelassen hat und wir es so oft so schwer hatten ohne ihn..." Für mich klingt das nach einem guten Grund. Immer noch bockig rufe ich die Szenen erneut herbei. Ich zeige Irma den kleinen Jungen, der wochenlang am Fenster stand; in der Hoffnung, sein Papa würde zu ihm zurückkommen, weil er seinen Jungen genauso sehr vermisste.

Ich zeige dieser oberklugen Seele wie es sich angefühlt hat, wenn zum Vatertag stattdessen mein Großvater in den Kindergarten kam, um meine selbst gebastelten Geschenke in Empfang zu nehmen. Und ich halte ihr stumm die unzähligen

Nächte vor, in denen ich mich in den Schlaf geweint habe...

„Versteh' mich nicht falsch, es tut nicht weh. Jetzt nicht mehr. Aber um des kleinen Jungens Willen habe ich ihm das nie verziehen."

Hat er je um Verzeihung gebeten?

Nun... nein. Natürlich nicht. „Er war ja nie da."

Glaubst du, er ist auf deine Vergebung angewiesen?

Sie stellt mir Fangfragen. Böse Irma!

Sieh noch einmal genauer hin.

Wenn ich dazu noch in der Lage wäre, würde ich jetzt furchtbar tief und geräuschvoll seufzen. Doch da ich schlecht zurück kann... „Also schön, versuchen wir's." Immer wenn ich glaube, ich sei zu doof oder zu müde, um noch irgendwas zu kapieren, dann... wie sag' ich's? Dann... durchwandert ein Kribbeln meine Gedanken. Das ist wie ein plötzlicher Wind, der den Morgennebel beiseite weht. Und danach sehe ich klarer. Ok, ich sehe dann vielleicht auch nur den kahlen Morgen, der sich unter dem Nebel versteckt hielt; aber besser der als... - besser als Stillstand, denke ich.

Wir kehren zurück zu dem Jungen am Fenster und ich beobachte seinen starren Blick. Was ich darin sehe, ist ersterbende Hoffnung.

Du bist überrascht, dass es immer noch schmerzt.

„Tja, da muss ich mich wohl bei ihm bedanken."

Tatsächlich wirst du das wahrscheinlich.

„Bitte?!"

Erkläre mir, was du siehst.

„Ich erinnere mich an diese Zeit. Schätze, ich habe einfach nicht kapiert, wie er mich einfach zurücklassen konnte. Ich meine, ich habe ihn so sehr geliebt. Bedingungslos. Ich hätte *ihn* niemals verlassen. Also...

...also kann er mich wohl nicht so sehr geliebt haben... Jedenfalls nicht so sehr wie ich ihn." Wow. Komisch, was dabei herauskommt, wenn man mal einen Gedanken bis zu Ende denkt.

Glaubst du das wirklich? Dass er dich nicht geliebt hat?

„Ich – nein. Eigentlich bin ich mir sogar ziemlich sicher, *dass* er es getan hat." Natürlich hat er das. Zum ersten Mal kommt mir der Gedanke, mir eine Kindheit auszumalen, in der er weiterhin bei uns geblieben wäre.

Aber nach allem, was meine Mutter mir erzählt hat, wären beide miteinander wohl nicht glücklich geworden. Meine Mutter war allein mit uns Kindern, aber sie war zufrieden. Sie war... sie selbst. Ungebrochen.

Sie hätten stattdessen auch beide entscheiden können, die Ehe aufrecht zu erhalten. Für uns Kinder. Doch wie wäre uns geholfen, wenn beide

Eltern unglücklich sind? Was hätten sie einander zu geben gehabt? Welche Botschaft hätte das Steffi und mir mit auf den Weg gegeben?

Und bevor Irmchen fragen kann: was bedeutet dieser neue Gedanke für mich?

Mir wird langsam klar, welches Glück sich hinter alldem doch versteckt hat. Und ich muss zugeben, es hat sich verdammt gut getarnt! Was ich erlebt habe, waren Eltern, die sich das Recht darauf eingeräumt haben, glücklich zu werden. Und da es miteinander nicht möglich war, dann eben ohne einander.

Dank ihnen bin ich in einem glücklichen Elternhaus aufgewachsen, statt in einem emotionalen Durcheinander; oder gar einem Trümmerhaufen. Und ich ging hinaus in die Welt in dem Wissen, auch ich habe ein Recht darauf, glücklich zu sein… Daran bestand nie auch nur ein kleiner Zweifel, auch wenn mir manchmal nicht ganz klar war, wie genau ich das anstellen soll.

„Das alles erklärt aber immer noch nicht, weshalb er sich nie hat blicken lassen; weshalb er sich nie gemeldet hat…"

Nein.

Doch wenn wir vergeben, dann nicht, um jemandem die Last der Schuld von den Schultern zu nehmen. Sondern wir vergeben, damit wir unseren Schmerz loslassen können. Denn Festhalten am Schmerz bedeutet Stillstand. Wir aber wollen uns entwickeln.

„Hä?"

Der Grund ist nicht mehr von Belang, wenn du deinen Schmerz wahrhaftig loslassen willst. Was auch immer sein Grund gewesen sein mag, bedenke, dass auch er seinem Seelenweg folgt.

„Ach, und ich war kein Teil davon?"

Sogar ein sehr wichtiger. Du bist Liebe. Du möchtest helfen. Also hast du eingewilligt, den Verlust zu erfahren, damit er – der ebenfalls Liebe ist – daraus eine völlig andere Erfahrung ziehen kann.

„...sich gegen eine unglückliche Beziehung zu entscheiden."

...sich für ein glückliches Leben zu entscheiden. Und er hat wiederum eingewilligt, dir weh zu tun, damit du erfahren kannst, dass Schmerz und Vergebung zwei liebende Schwestern sind.

Scheiße, auf eine schräge, zen-mäßige Weise macht das sogar irgendwie Sinn. Ich wollte lernen zu vergeben? Einfach so vergeben. Weil es gut für mich ist und für sonst niemanden...?

Boah bin ich müde!

Ein Morgen

„Wann musst du eigentlich zurück?"

„Tja weißt du, darüber wollte ich noch mit dir reden…"

„…ok…?!"

„Was würdest du davon halten, wenn ich – naja, wenn ich bleibe?"

„Oh oh. Was ist drüben passiert?"

„Nichts! Nein, es ist nur so, dass –"

„ – mir geht es gut, Liebes. Du musst wegen mir nicht dein Leben über den Haufen werfen! Wirklich nicht."

„Nein, weiß ich ja. Ich habe nur einfach Heimweh, weißt du? Und das schon eine ganze Weile."

„Na, und Gary?"

„Och, das… wir sind schon eine Weile nicht mehr zusammen. Hat irgendwie nicht funktioniert. Und irgendwann will ich ja auch mal irgendwo ankommen; nicht immer nur unterwegs sein.

Aber für ihn ist das nichts."

„Also, wenn das so ist… bin ich wirklich glücklich, dass du nach Hause gekommen bist!"

„Ich auch, Mama."

Ein Kuss, eine Umarmung.

Entscheidungen

Darüber komme ich gar nicht hinweg! Ja, klar, Leben ist schwer. Aber wie schön es dabei ist! Junge, wenn einem die Augen aufgehen, dann aber richtig.

„Ich versuche gerade, mir das vorzustellen." Es ist in etwa wie beim Skat. Ein paar Kumpel, in diesem Fall Seelen, setzen sich gemeinsam an einen Tisch – oder auf eine Wolke, was auch immer - und mischen die Karten... und dann?

...treffen sie Vereinbarungen. Ich tu dies, wenn du das tust. Ich gebe dir Bla, damit du Blubb daraus lernen kannst. Ich füge dir Schmerz zu, weil ... ich dich liebe...?!?

„Kann man das so sagen?"

Einfach ausgedrückt, aber ja.

Und das alles tun wir, damit jeder von uns sich weiter entwickeln kann. Wir bitten sogar um diese Erfahrungen! „Warte, nein. So ganz kann ich das so nicht schlucken. Ich meine, was ist denn mit all dem Schlechten auf der Welt? Krieg, meinetwegen. Oder Mord. All die Gewalttaten, die immer wieder geschehen?" Es will nicht in meinen Kopf, dass jemals irgendjemand darum gebeten haben könnte, sowas zu erleben...

Schlecht ist eine Bewertung. Seelen bewerten nicht. Wir fühlen, empfinden und erfahren zu dem einzigen Zweck, uns zu entwickeln.

Wovon du sprichst, ist der freie Wille. Der Mensch kann sich immer entscheiden; er hat immer die Wahl. Die Qualität seiner Entscheidungen trägt dazu bei, wie schnell er sich in die gewünschte Richtung entwickelt. Und die gewünschte Richtung ist immer Liebe.

„… drück' ich auf den roten Knopf oder tue ich es nicht…"

Hebe ich die Hand gegen dich, oder reiche ich sie dir stattdessen.

„Aber sagtest du nicht, alles sei vorher vereinbart? Steht denn dann nicht fest, ob ich geschlagen werde oder nicht?"

Wir haben immer die Wahl. Vorhin hast du dich sehr vereinfacht ausgedrückt. Lass mich nun etwas genauer werden.

Du kannst dich selbst vor die Wahl stellen und erfahren, welche Auswirkung deine Entscheidung auf deine Entwicklung hat. Bin ich Täter oder Helfer, hasse ich oder liebe ich, sind wir Feinde oder Brüder – vor diese Wahl gelangst du in deinem menschlichen Zustand.

Oder du bittest eine andere Seele um Mithilfe bei einer ganz bestimmten *Erfahrung. Diese Wahl triffst du bereits vor der Inkarnation. Beide Situationen liegen jedoch ganz bei dir.*

In beiden Situationen sind andere Seelen beteiligt, die dir entweder die Wahl oder die konkrete Erfahrung ermöglichen. Du bist in deiner Entwick-

lung niemals allein.

Siehst du die Liebe darin?

Ich...ja. „Aber wenn der Mensch die falsche Entscheidung trifft? Wenn er auf den roten Knopf drückt?"

Falsch ist eine Bewertung. Es existiert aus unserer Sicht kein richtig oder falsch; kein gut oder schlecht. Es existieren nur Erfahrungen. Der Mensch kann tun, was er möchte. Er kann entscheiden, was er möchte. Er soll leben, in aller Fülle, die ihm nur möglich ist und keine Angst haben. Denn Ängste hemmen seine Erfahrungen. Für Angst besteht kein Grund.

„Trotzdem fürchten sich die Menschen vor allen möglichen Dingen."

Wie ich bereits sagte, der Mensch hat immer die Wahl. Sich gegen die Angst zu entscheiden, ist in seinem Zustand oft nicht leicht. Aber es ist möglich.

Tja, wären wir Seelen eine Partei, hätten wir wohl die höchste Wählerquote...

Wie es ist

„Wie genau fühlt sich das an; Aufwachen, meine ich?" Die Melodien sind zurück und ich treibe, treibe. Ohne Körper. Ohne Gewicht. In unendlichem Türkis.

Es ist, als ob jede Last urplötzlich von dir abfällt. Es beantworten sich Fragen, die du nicht zu stellen gewagt hast, solange du noch an deinem letzten Leben festhieltest. Du erkennst, dass du nicht allein bist, es nie gewesen bist. Zu keiner Zeit. Du erkennst, dass du geliebt wirst und es für immer Wert bist, geliebt zu werden.

Jetzt, wo ich Irma zuhöre, wird mir klar, dass ich mir Gott immer so vorgestellt habe. Mehr noch, ihn mir in den Tiefen meines Herzens gewünscht habe, obwohl ich nie gewagt hatte an ihn zu glauben.

„Wann ist es denn endlich soweit? Müsste ich nicht längst viel weiter sein?"

Nichts muss oder müsste. Alles ist, wie es ist. Du gehst den Weg in deinem eigenen Tempo.

Und dennoch. Ich habe plötzlich das Gefühl, etwas vergessen zu haben. Irgendetwas zieht und zuppelt am Rande meines Bewusstseins herum. Etwas stimmt nicht... ich fühle es einfach...

Schlüssel

„Sag mal, du könntest doch Ollis Wohnung nehmen, solange du noch nichts gefunden hast."

„Und mich zwischen seinen Sachen einnisten?

Ich weiß nicht."

„Nein, ich finde, Jens hat Recht. Er hätte nichts dagegen gehabt, dir nochmal seine Couch zu beziehen, meinst du nicht?"

Ein zustimmendes Grinsen.

„Aber er würde irre werden, wenn ich seinen Kram durcheinander bringe…"

„Tja, ich schätze, irgendwann müssen wir ja mal anfangen. Alles einzupacken, meine ich."

Drei lange Gesichter.

Eine Schublade wird geöffnet.

„Hier. Als sie… ihn gefunden haben, hatte er die bei sich. Such dir einen aus, Schatz."

„Wieso hatte er zwei Schlüssel dabei?"

„Oh Scheiße…"

„Was? … Jens, was ist denn?"

Ein blasses Gesicht.

„Der mit der Fledermaus. Der gehörte Bianca…"

„Hä? Hatten sie sich nicht vor Wochen schon getrennt?"

Fragen über Fragen.

„Wo, sagten Sie, ist Olli gefunden worden?"

Rückschau (ne Erdnuss)

Dieses Spieleabend-Ding war natürlich Hennys Idee; und natürlich rollte die gesamte Sippe zuerst einmal mit den Augen. Doch wie das manchmal so läuft – ab dem dritten Mal ist es plötzlich Tradition. So trafen sie sich regelmäßig, meistens einmal im Monat. Dann klopften sie hauptsächlich Karten, was irgendwann in Trinkspiele ausartete. Manchmal brachte aber auch jemand ein neues Spiel mit, das sie dann gemeinsam für sich entdeckten.

Und manchmal – genauer gesagt nur einmal, aber es war das eine Mal, auf das es ankam – brachte jemand jemanden mit.

„Hey Leute, darf ich euch Biene vorstellen? Hab sie an der Uni aufgegabelt."

„Hey...", hauchte die Fremde etwas überwältigt. „Kann ich mich bei euch mit Erdnussflips einkaufen?"

Das eine Mal, auf das es ankam. Henny schleppte Bianca an und fortan waren sie zu fünft. Olli, Henriette, Jens, seine Schwester Jana und Bianca. Es war perfekt, als wäre ein oft genutztes Scharnier plötzlich frisch geölt. Und wenn Oliver sich bisher nicht sicher war, ob er Interesse an der Schwester seines besten Freundes hatte, so stellte sich diese Frage bald nicht mehr.

Die Stimmung zwischen den Freunden veränderte sich; nur etwas; nur langsam. Doch bald schon war allen klar, wie es um den jungen Mann stand. Allen, bis auf Bianca. Sie lebte fest in einer Beziehung, wodurch sie Augen und Ohren verschloss.

Trotzdem vertiefte sich die Freundschaft der Fünf. Wann immer Oliver es einrichten konnte, nahm er sich Zeit für Bianca; hörte sich ihre Träume und Pläne an; teilte ihre Sorgen. Und sie nahm es in Anspruch wann immer sich die Gelegenheit bot.

Als sie ihm von der Malerei vorschwärmte, wollte er unbedingt ihre Bilder sehen; und fand sie großartig. Düster, aber beeindruckend. Er machte ihr Mut, sich bereits neben dem Kunststudium eine Existenz aufzubauen; entwarf ihr eine Website; stärkte ihr den Rücken – und beobachtete dabei zunehmend besorgt ihre oftmals traurige Miene, die geröteten und gehetzt wirkenden Augen.

Eines kalten Wintertages – sie standen beide an das Geländer einer Fußgängerbrücke gelehnt und beobachteten den langsamen Fluss des Wassers – entschuldigte sich Bianca plötzlich dafür, ihn so sehr in Beschlag genommen zu haben; und brach in Tränen aus. Es war das erste Mal, dass er sich traute, sie einfach in die Arme zu schließen. Es war der Tag, an dem er herausfand, dass ihre Haare duften wie der Sommer; und wie sehr er sich verliebt hatte.

*

Langsam tauche ich aus der Erinnerung hervor

und bin noch ganz berauscht von diesem Gefühl, Biene das erste Mal an mich zu drücken, nachdem ich lange nur davon geträumt hatte. Sie weinen zu sehen und zu spüren, wie es sie unter meinen Händen durchschüttelte, war fast mehr als ich aushalten konnte. „In diesem Moment war ich sowas von verloren."

Sie und ihr Freund hatten sich getrennt, soviel konnte ich zumindest aus ihr herausbekommen. Da sie sonst nicht viel erzählen wollte, tat ich einfach das, was ich immer in solchen Situationen tue und bot ihr meine Couch an.

„Ich habe nicht damit gerechnet, dass sie mein Angebot annimmt."

Du warst ihr bereits zu einer Quelle geworden, aus der sie Kraft geschöpft hat. Genug Kraft, um eine Beziehung zu beenden, die genau das Gegenteil gewesen ist.

„Ein Energieräuber, ich weiß. Aber das konnte ich damals nur ahnen."

Nein. Du wusstest es, auch ohne dass sie es in Worte gefasst hätte.

Hmm, ja vielleicht. Doch. Eigentlich... stimmt es. Der Vergleich mit einem Radar drängt sich mir auf; als sei sie ständig auf Sendung und ich auf Empfang gewesen. Ich wusste oder ahnte vieles, worüber sie mir erst sehr viel später berichtet hat. Manchmal war es erschreckend, wie gut ich Biene zu kennen schien.

Wir wissen sehr viel mehr über den Menschen gegenüber, als wir uns eingestehen möchten. Denn wir sind eins, unsere Energien sind alle miteinander verbunden. Die Menschen nennen es Bauchgefühl. Oder emotionale Intelligenz.

„Oder Seelenverwandtschaft."

Wir wissen. Auch, wenn wir uns dem Gegenüber nicht nahe fühlen. Oder unser Wissen zu ignorieren versuchen. Hast du schon einmal einen Menschen sagen hören: Hätte ich doch nur auf mein Bauchgefühl gehört...?

Namen

„Man... ich war schon ewig nicht mehr dort."

„Erwarte nicht zu viel, es hat sich nicht viel verändert. Gar nichts eigentlich bis auf den mordsmäßigen Fernseher, den er sich letztes Jahr gekauft hat."

„Na und seiner Freundin scheinbar..."

„Ich weiß ja auch nicht. Mein letzter Stand war, dass sie sich getrennt hatten. Henny und meine Schwester haben versucht, sie ein bisschen aufzufangen. Aber wie das immer so ist – keiner wollte, dass die Freundschaft mit Olli in die Binsen geht. Sie war ja auch nicht ganz unschuldig."

„...die Ampel war aber schon kirschgrün..."

Ein schiefes Grinsen.

„Keine Angst, Stoffel. Bei mir passiert dir nichts."

„Ich kann nicht fassen, dass er dir DAS erzählt hat!"

„Also eigentlich… hat er dich *immer* so genannt."

Emotionsgeladenes Schweigen.

„Wieso eigentlich 'ne Fledermaus?"

„Naja, so hat er *sie* manchmal genannt. Wegen ihrer Bilder, glaub' ich. Da ist es, jetzt müssen wir nur noch 'n Parkplatz finden…"

„Ich hab Ollis Parkausweis, bieg' mal da links ein…"

Rückschau (ne Paranuss)

„Wie lange liebst du mich schon?" So lautete die Frage, die Bianca schon seit Wochen im Kopf herumspukte. Nicht, weil sie ihn ärgern wollte oder verunsichern, sondern weil sich in ihrem Kopf immer mehr Puzzleteilchen einiger seltsamer Bemerkungen oder Situationen zusammensetzten. Wenn sie ehrlich zu sich selbst war – und das versuchte sie, vielleicht zum ersten Mal in ihrem Leben – dann hatte sie schon so eine Ahnung. Sie hatte es nur nicht wahrhaben wollen.

Oliver streichelte ihren Kopf, der an seiner Schulter lag.

„Seit du mir das Buch geschenkt hast."

„Das zerfledderte Ding?"

Das Handbuch des Kriegers des Lichts. Zwei Krieger, die einander erkannt haben, diese Vorstellung gefiel ihm sehr. „Du konntest es nicht wissen aber – ich hatte das Buch schon."

„Oh. Wie peinlich..." Sie versuchte, von ihm abzurücken, doch er zog sie wieder an sich.

„Gar nicht. Denn genau so habe ich dich gesehen. Anders als die anderen. Du warst vom ersten Moment an einfach anders und ich wollte immer genau wissen, was du denkst oder wie deine Meinung zu... was auch immer ist. Nur um dann festzustellen, dass ich dich verstehe. Dass ich dich kenne."

„Oder *erkennst*."

„Wie ein Krieger des Lichts den anderen..."

*

Diese Nähe zwischen euch war etwas Besonderes.

„Das war es. Aber so war es nicht immer." Denn nach einigen Monaten, als die ganze Aufregung und Nervosität in mir sich zu legen begann – als ich wirklich anfing, mich in diese Beziehung fallen zu lassen - bekam ich plötzlich das Gefühl, dass etwas nicht in Ordnung ist.

Biene fing an, mir zu entgleiten.

„Anfangs guckte sie nur komisch; oder sagte etwas, das keinen Sinn ergab und ich dachte, ich habe mich bestimmt verhört. Oder sie antwortete einfach ganz normal auf meine Fragen - aber dahinter konnte ich etwas heraushören, dass ich nicht zu fassen bekam." Wie ein einziger falscher Ton in einer ansonsten wundervollen Komposition.

Irma muss mich gar nicht erst darum bitten, denn inzwischen weiß ich, dass ich mich nun von außen mittenrein begeben kann. In vergangene Gedanken und Gefühle; und nicht nur in meine eigenen. Also schließe ich – gedanklich – die Augen und atme – gedanklich – tief durch... Es ist schwer, den körperlosen Vorgang korrekt zu beschreiben. Vielleicht sollte ich einfach sagen, ich konzentriere mich...

An meinen eigenen Gefühlen schaue ich einfach vorbei und umgebe mich mit ihren. Um mich herum besteht nur Biene und fast kann ich den Duft ihres Haares wahrnehmen.

Doch vor allem finde ich dort... Angst. Angst und offene Fragen.

Welche Fragen?

Fragen, die sie nie ausgesprochen hat. Woher kommen die denn alle?

Wieso liebt jemand so Gutes jemanden so Kaputtes?

Wie lange wird es dauern, bis er mich nicht mehr für perfekt hält?

Wieso stellt er mich auf dieses Podest – ich kann dem nicht gerecht werden...

Wie hält er das aus, Tag und Nacht mit mir zusammen zu sein?

Wie soll ich ihm verklickern, dass ich viel mehr Zeit für mich allein benötige?

Ich brauche mehr Raum zum Atmen... ich kann so nicht malen...

Schockiert breche ich ab und wende mich... woanders hin, jedenfalls weg von Bienes Innenleben. Zum ersten Mal seit langem ist mir nach Weinen zumute. Von irgendwo her erreichen mich Irmas liebevolle Energien, aber ich kann das jetzt nicht – ich möchte sie abweisen. Oder etwa doch nicht?

„Ich weiß nicht, ob ich das verstehe. Ehrlich, ich dachte, wenn ich sie nur genug liebe und ihr das immer wieder klarmache, dann ist alles gut – dann bekommt sie all das, was sie verdient; all das, was ihr bisher in ihrem Leben gefehlt hat?" Ein weiterer Gedanke schießt ungebeten in mein Bewusstsein.

Hör auf, mir zehnmal am Tag zu sagen, dass du mich liebst! Ich will auch mal die Chance haben, es dir zuerst zu sagen...

Fast zerbricht es mir das Herz. Doch nicht, weil ich Angst hätte, alles falsch gemacht zu haben. Nein, das sind nicht die Gedanken, die einem nach dem Tod noch die Kehle zuschnüren können. Vielmehr erkenne ich zum allerersten Mal, dass Biene nicht die komplizierte Künstlerin, nicht die Starke von uns beiden, nicht die gewesen ist, die der Welt rotzfrech ins Gesicht lacht. Und ich war nicht der langweilige Klotz; oder der spießige Bürohengst, der ich befürchtet hatte, in ihren Augen zu sein – denn dieses Gefühl gab sie mir manchmal durch ihren Rückzug von mir...

Nein.

Biene ist einfach nur das Mädchen, das sich verzweifelt wünscht, die Liebe wert zu sein, die ich für sie empfinde; doch sie ist nicht in der Lage, daran zu glauben.

Nun bricht es doch, mein Herz...

Apropos

Eine Tür wird geöffnet.

„Puh..."

„Ich reiß am besten erstmal alle Fenster auf."

Frische Luft weht herein.

Staub tanzt durch die Luft.

Jemand schluckt den Drang zu weinen herunter.

„Hier hat sich echt nichts verändert."

„Meinst du, du kannst das? Hier 'ne Weile wohnen, meine ich."

Ein Schulterzucken.

„Klar. So kann ich ihm nochmal nahe sein, bevor wir hier alles ausräumen müssen."

Kurze Stille.

Ein Stirnrunzeln.

„Apropos ausräumen..."

„Hmm...?"

„Hier standen die letzten Male die Kisten mit Bienes Sachen."

„Was meinst du damit? ...Jens?"

„...ich war kurz hier, einen Tag bevor... hab meine Jacke geholt, die ich bei ihm vergessen hatte. Und da stand hier noch ein Haufen Kisten.

Vielleicht war er deswegen im Zentrum; weil er Biene die Sachen gebracht hat."

„Ähh, nein. Da waren keine in seinem Auto..."

„…ist ja seltsam…"

Zwei rätselnde Mienen.

Rückschau (ne Kokosnuss)

Zum wiederholten Male versuchte der junge Mann, sie auf dem Handy zu erreichen. Doch sie hob nicht ab. Er starrte ratlos auf das Display. Was, wenn ihr unterwegs was passiert war? Dieser Gedanke war schrecklich, doch er war nur etwas schrecklicher als andere Gedanken. Dass sie ihn nicht sprechen wollte, zum Beispiel.

„Ich möchte echt mal wissen, was womit ich das verdient habe…" Noch schlimmer die Idee, sie könnte bei ihrem Ex sein. Aber nein, das würde sie ihm doch nicht antun, oder? Was, wenn er ihr vormachte, er werde sich für sie ändern? Würde sie ihm glauben und in seine offenen Arme zurückkehren?

In einem anderen Teil der Stadt ließ sie ihren Kopf auf ihre Unterarme fallen. „Ich bin echt am Arsch. Immer mache ich alles kaputt!" Doch sie war nicht allein, denn seit einigen Monaten gab es Menschen in ihrem Leben, die es gut mit ihr meinten. Henny war so jemand. Wie dankbar sie für Hennys Freundschaft war!

„Quatsch, gar nichts geht kaputt. Denkst du, Olli ist *so* einer?"

„Du hast ja keine Ahnung. Er ist immer so total im Lot. Und organisiert. Er wird mich fallen lassen."

Henny nahm ihre Freundin in den Arm und sprach ihr leise ins Ohr. „Das wird er nicht, hörst du? Du siehst nicht, wie er dich immer anguckt. Er liebt dich. Der wird das verkraften."

Doch Bianca schüttelte überzeugt den Kopf. „Ich würde das *nicht* mitmachen, an seiner Stelle. Ich würde machen, dass ich wegkomme…"

„Du bist ja auch nicht Olli. Der hat breite Schultern, der hält was aus. *Glaub* mir!" So ging es noch eine Weile hin und her. Währenddessen wurde Biancas Blick feucht, doch sie hielt die Tränen entschlossen zurück. Wenn er mich verlässt, dann kann ich immer noch heulen – dachte sie. Doch dass sie ihm würde reinen Wein einschenken müssen, das stand fest.

„Na los. Ich fahr dich jetzt nach Hause und dann sprichst du mit ihm."

Ok, stimmte Bianca insgeheim zu. *Wenn er mich dann verlässt, werde ich es überleben. Ich bin jetzt stark genug…oder?*

*

Das ganze sieht erst einmal aus wie ein großes Durcheinander, war es ja auch. Doch Henny brachte Biene in dieser Nacht tatsächlich nach Hause. Es war die Nacht, in der sich viele Fragen auf einmal beantworteten. So viele Fragen…

Biene wollte gar nicht so richtig rausrücken, es war zum Ausrasten. Also bin ich mit ihr vor die Tür, weil wir irgendwann mal festgestellt hatten, dass es sich beim Spazieren am besten redet. Was ich alles erfahren habe, machte mich sprachlos.

Sie hat dir ihr Vertrauen geschenkt.

„Ja! Dabei dachte ich die ganze Zeit, das hätte sie längst getan!" Doch ich musste begreifen, wie verschlossen mein Bienchen eigentlich ist. „..dass ihr letzter Freund sie nicht gut behandelt hatte, das wusste ich. Aber als ich in dieser Nacht von den Grausamkeiten erfuhr, die sie erlebt hatte, wollte ich ihn am liebsten einfach nur finden und ihm wehtun."

Es gibt Sachen, über die macht man sich eigentlich nie Gedanken, bis man irgendwann plötzlich damit in Berührung kommt. Wie es sich anfühlt, jemandem die Faust ins Gesicht zu jagen, das weiß ich. Aber wie um alles in der Welt kann man jemanden seelisch so fertigmachen, wie es dieser Typ mit Biene geschafft hat?

Zuerst scheint er sie auf Händen getragen und ihr die Sterne vom Himmel versprochen zu haben. Ich erinnere mich an Bienes trauriges Lächeln, als sie mir davon erzählte. Aber traurig, weil sie ihm all das geglaubt hat. Doch im Ernst, wer hätte das nicht?!

Nur kam dann alles ganz anders. Sie beschrieb es mir wie eine wahnsinnig langsam kippende

Waage. Zuerst ließ er hier oder dort Bemerkungen fallen, mit denen sie nichts anfangen konnte. Eine Weile redete sie sich dann ein, er hätte einen komischen Sinn für Humor. Doch nach und nach wurden die Spitzen dann immer gemeiner und herabsetzender.

Irgendwann fing er dann an, sie vor seinen und ihren Freunden bloßzustellen. Er telefonierte ihr hinterher, fand Möglichkeiten, sie zu überwachen. Er redete ihr immer mehr ein, dass ihre Freunde sich zwischen sie beide stellten, weil sie Biene jedes Glück missgönnten. Dabei machten sie sich einfach Sorgen.

Was ich nie verstanden habe, ist, weshalb sie sich dem nicht entzogen hat? Wie kam es, dass sie all das mit sich hat machen lassen? Ihr muss doch klar gewesen sein, dass ihr dieser Mann nicht gut tat.

Das wurde ihr klar, nachdem sie in euren Freundeskreis hineinfand.

„Ich glaube, sie hat vorher schon begonnen, die Augen zu öffnen. Das muss der Grund gewesen sein, weshalb sie ihn völlig fernhielt von uns."

Und nun sieh noch einmal genauer hin.

Das tue ich längst. Ich kenne Biene nun durch und durch. Und liebe sie dafür nur noch mehr. „Ihre größte Angst war immer, jemand könnte sich in das verlieben, das sie nach außen zur Schau trägt; und sie in dem Moment fallen lassen, wo ihr wahres Wesen offenbar wird. Ihre Schwächen, ihre

Vergangenheit. Irgendwie kam sie nie an den Punkt zu erkennen, dass sie liebenswürdig ist. Wenn ich ihr sagte, dass ich sie liebe, hat sie nie daran geglaubt, dass es dabei bleibt." Und mit jedem *Ich liebe dich* wurde sie immer gereizter.

Wir können im Außen nur das zulassen, was wir in unserem Inneren bereits gefunden haben. Es läuft immer darauf hinaus, aus uns selbst zu schöpfen.

So war auch sie auf der Suche nach Selbstliebe und besaß ihre Wunden. Es war jedoch nicht deine Aufgabe, diese zu heilen. Heilen kann sie nur die Liebe zu sich selbst. Nichts anderes besitzt diese Macht.

„Das sagst du so salopp. Aber ich kann sehen, wie schwer es ihr fällt. Die Theorie ist eine Sache. Etwas mit dem Kopf zu begreifen ist eine Sache. Dann ist es im Bauch aber noch lange nicht angekommen!"

Erkenne den Sinn deiner zahlreichen Inkarnationen. Etwas zu begreifen, ist immer ein Anfang.

Um etwas zu verinnerlichen, ist es jedoch notwendig, die Lektion immer und immer wieder zu begreifen. Es ist notwendig, immer wieder zu erleben*, dass unsere Erkenntnis eine Wahrheit ist.*

Das tun wir manchmal innerhalb eines Menschenlebens; manchmal nimmt es aber auch viele Leben in Anspruch. Jeder geht den Weg in seinem eigenen Tempo.

Bienes Seelenweg. Sie ist auf der Suche nach der Liebe zu sich selbst. „Du hast mir erklärt, dass wir Seelen einander helfen? Wie hätte ich ihr denn helfen können, wenn es nicht meine Aufgabe war, sie zu heilen?"

Ist das denn nicht offensichtlich?

„Nope?"

Verdreht da gerade jemand die nicht vorhandenen Augen?

Bitte

Ich war noch nie gut im Rätselraten. Und manches erschließt sich mir auch in diesem körperlosen Zustand scheinbar noch nicht so ohne weiteres. Aber so langsam wird mir klar – ich muss Biene finden. Dieses drängende Gefühl, etwas zu übersehen; die unbestimmte Sorge, die ganz am Rande meines Bewusstsein schon die ganze Zeit an mir nagt, endlich kann ich ihr die nötige Aufmerksamkeit schenken. Ich muss.

Ohne dass ich konkret daran gedacht hätte, befinde ich mich mit einem Mal wieder auf dem Friedhof. Mein Grab; es ist wunderschön geschmückt. Der Anblick schockt immer noch.

Wonach suchst du?

„Biene." Es war die ganze Zeit Biene, nach der

ich suche; auch wenn mir das erst jetzt klar wird. Seelenplan hin oder her, es gibt einen Grund dafür, dass ich bisher nicht aufgewacht bin; dass ich mich an nichts erinnere, das vor diesem Leben geschehen ist. Dieser Grund ist sie. Ich bin noch nicht fertig hier... Und mit dem Begreifen kommt die Angst.

Reiß dich mal zusammen! – schimpfe ich mit mir selbst und erschrecke mich, als neben mir eine Stimme seufzend meinen Namen flüstert.

„Ach Olli..." Meine Mutter. Sie weint. Lautlos, doch sie lässt es zumindest heraus.

Für einen Augenblick konzentriere ich mich ganz auf ihre Tränen und habe das Gefühl, als könne ich sie vollkommen in mich hüllen; sie mit meiner Liebe und Dankbarkeit wie in einen Mantel hüllen, damit sie es warm hat. Daraufhin seufzt sie erneut, runzelt dann jedoch die Stirn.

„Was ist denn das?" fragt sie und beugt sich zu einem frischen Kranz herunter. Darin liegt ein Umschlag, auf dem *Olli* steht.

Aufregung überkommt mich, denn ich erkenne Bienes krakelige Handschrift.

Sie ist hier gewesen.

„Ach du liebe... mach ihn auf! Bitte!

Mama, wenn ich nur irgendwie zu dir durchdringe... dann bitte, mach ihn um Himmels Willen auf!" Nein, ich bin nicht so dumm zu glauben, sie könne mich hören. Doch Irmas Worte kommen mir in den Sinn: *Wir sind eins. Unsere Energien sind alle miteinander verbunden.* Und – verdammt! – ich glaube daran! Ich weiß, dass es stimmt!

„Mach ihn auf! Oh bitte... Mama!"

Bitte!

Bitte...

Mama...

Der Brief

Mein Herz,

dies ist kein Brief, den ich jemals schreiben wollte. Du bist einfach von mir gegangen, auf jede erdenkliche Art und Weise habe ich dich verloren. Mir bleibt nichts mehr. Ich weiß nichts mehr.

Ich hatte noch so viele Fragen an dich. Als du mich angerufen hast und zu mir kommen wolltest, da dachte ich, wir würden wenigstens ein letztes Mal darüber reden, wie alles so weit kommen konnte. Wie es so enden konnte. Aber meine Antworten werde ich nun niemals mehr bekommen. Du hast sie alle mitgenommen, genau wie mein Herz; denn das ist bei dir. Für immer begraben.

Wenn ich dich noch einmal, nur ein einziges Mal, sehen dürfte...

Ich würde dir sagen, dass ich jeden Kontakt zu

Noah abgebrochen habe, und das schon vor diesem schrecklichen Tag. Ich würde dir zeigen, dass ich endlich verstanden habe, was du mir immer – vom ersten Tag unserer Freundschaft an - klarmachen wolltest. Nämlich dass ich stärker bin als er! Dass ich nicht so schwach bin, wie er mir immer eingeredet hat; sondern dass er der Schwache ist und mich nur immer heruntergeputzt hat, um sich selber größer zu fühlen.

Ich würde dir sagen, dass ich mich nicht mehr verstecken möchte vor der Welt; ich wollte, dass du die wirkliche Bianca kennen lernst – und dich neu verliebst? Gott, ich hatte noch so viel Hoffnung.

Wieso wolltest du mich sehen? Wolltest du endlich meine Sachen loswerden? Oder gab es vielleicht noch einen klitzekleinen Funken…? Er hätte mir doch ausgereicht! Diesmal hätte ich keine Geheimnisse mehr vor dir gehabt! Ich wollte, dass du alles siehst; alles über mich weißt, was es zu wissen gibt – über die vielen Fehler, die ich gemacht habe und auch die Schulden…

Ich wollte dir die Möglichkeit geben, die echte Bianca zu lieben. Oder sie zu verlassen, wenn du diese Person nicht hättest lieben können. Ich weiß endlich, dass ich nur ich sein, mich nie mehr verstellen möchte. Ich weiß endlich, dass ich lieber allein und ich selbst wäre, als in irgendeiner Beziehung und dafür mir selber fremd… Ich weiß jetzt, dass ich nur um meiner selbst Willen geliebt werden möchte.

Und ich habe gehofft, dass du dieser Mensch an meiner Seite sein würdest.

Denn es gibt niemanden, den ich mehr lieben könnte, als dich. Um deiner selbst willen.

Doch alles, was mir bleibt ist nur ein Bild von dir – gebrochen und leblos auf den braunen Steinen vor meiner Haustür. Dieser Moment... als alle Hoffnung von mir ging... ich wünschte, du hättest mich mitgenommen! Sag mir, wie ich nun weitermachen soll? Sag mir, wie ich das überleben soll?

Doch du hast keine Antworten mehr für mich.

Du hinterlässt nur Fragen. Und ein Loch, wo früher mein Herz war. Denn mein Herz warst du und du bist fort...

Deine Biene

Drei Seelen, die auf diese Zeilen starren – Mama, Irma und ich.

Rückschau (allmählich Studentenfutter)

Die Wohnungstür öffnete sich betont leise. Oliver sah auf die Zeitanzeige der Mikrowelle.

03:47 Uhr

Er wusste nicht mehr genau, seit wann er auf

diesem Stuhl saß wie angenagelt und sich vor lauter rasender Gedanken nicht bewegen konnte. Es war nicht wichtig, auch wenn ihm jeder Knochen wehtat und er schon seit einer ganzen Weile fror.

Als sie sich endlich in die Wohnung schob, spürte er zuerst Erleichterung. Sie war nach Hause gekommen, wenigstens das... Statt das Licht einzuschalten, zog Bianca sich die Schuhe im Dunkeln aus. Sie ging also davon aus, dass er bereits schlief. Das tat er normalerweise auch. Doch dies war keine Nacht wie jede andere.

Ein Teil von ihm wünschte sich, er wäre ins Bett gegangen; wünschte sich, er hätte nicht die Augen geöffnet. Doch nun, da er es getan hatte, gab es kein zurück.

Das Küchenlicht sprang an und stach ihn in die müden Augen. Biene erstarrte im Türbogen und hielt vor Schreck die Luft an.

Er sah ihr ins Gesicht, wie er es sich vorgenommen hatte, und erforschte jede Regung; versuchte, jeden darüber huschenden Gedanken zu erfassen, bevor sie sich wieder unter Kontrolle hatte. Das entging ihr zwar nicht. Doch als sie wieder fortfuhr zu atmen, hatte er bereits genug gesehen.

Nun nahm Bianca die Flasche Wein wahr, die nehmen ihm auf dem Tisch stand, sie war halb geleert. Vielleicht würde sie nicht mit ihm reden wollen, wenn er getrunken hatte. Doch das letzte

Glas war Stunden her und er hatte es auch so nicht übertrieben. Nein, sein Kopf war klar. Das wusste er, weil ihm speiübel war vor Angst.

„Wir können die Lügen direkt überspringen. Ich weiß, dass du nicht im Atelier warst, also versuch' es gar nicht erst."

Bianca atmete geräuschvoll aus und nickte.

„Und es ist mir auch egal, ob du müde bist. Dann mach dir einen Kaffee oder Tee oder was auch immer. Aber dann setzt du dich da hin und erzählst mir alles."

Wahrscheinlich war sie gar nicht müde, jetzt nicht mehr. Trotzdem kochte sie Wasser für einen Kaffee, denn das gab ihr Zeit, sich zu sammeln. Er wusste, dass sie immer erst ihre Gedanken sammeln musste, weil sie sonst vor lauter Emotionen vielleicht nur Kauderwelsch hervorbrachte. Und auch wenn er wütend war, das wollte er ihr ersparen. Außerdem musste er es hören, aus ihrem Mund…

Und sie erzählte es ihm. Wie oft sie Oliver bereits angelogen hatte, indem sie ihm vormachte, im Atelier oder in der Uni zu sein. Stattdessen sei sie bei Noah gewesen. Aber nicht, um Oliver zu hintergehen, sondern um Noah zu helfen. Er habe Depressionen, schon lange, aber das sei ihr erst vor kurzem klar geworden. Und er brauche ihre Hilfe, weil er sonst ganz alleine sei und aus seinem Loch nicht allein herausfände. Weil er sich sonst umbringen würde, jedenfalls habe er ihr das angedroht.

Sie wolle nicht schuld sein an seinem Zustand. Oder seinem Tod… An dieser Stelle fing sie an zu weinen und Oliver wollte sie gerne trösten. Aber er war zu wütend auf sie und hielt an seinem Recht auf Wut fest. Zwischen all ihren Worten las er in dieser Nacht nur eines, nämlich dass Noah ihr noch immer wichtig war. Wichtig genug, um ihn zu belügen. Wichtig genug, um ihm weh zu tun. Wichtiger als das, was sie beide aneinander hatten…

Bianca erzählte noch mehr, versuchte ihm, ihre Beweggründe zu erklären; sie bat ihn um Verzeihung und weinte nur noch mehr.

Und Oliver… fühlte sich verraten. Was er alles für sie getan hatte – er hatte sich ihr vollkommen geöffnet; ihr vertraut. Sie in sein Leben eingeladen – in sein Herz! Alles verraten. Alles kaputt.

„Das Kranke daran ist, dass ich es gar nicht erfahren hätte, wenn Henny nicht endlich mal zu dir ins Atelier gefahren wäre. Weil du sie immer wieder genervt hast, wollte sie sich heute deine Bilder angucken, aber du warst nicht da. Und als sie hier anrief und wissen wollte, ob du zu Hause bist…" Olivers Lippen zuckten verdächtig und er brach ab, weil er plötzlich befürchten musste, ebenfalls in Tränen auszubrechen.

„Es tut mir so leid, Olli! Bitte glaub' mir, da ist nichts mehr zwischen Noah und mir. Ich wollte wirklich nur helfen…"

Er nickte. „Kannst du für eine Weile bei deinen

Eltern unterkommen?"

*

„Wie sie mich in diesem Moment angesehen hat... so als hätte ich *sie* verraten. Das hat mich nur noch wütender gemacht." Gott, war ich wütend. „Ich... hätte in dieser Nacht am besten gar nichts sagen sollen. Ich konnte einfach nicht klar denken." Diese Nacht war der Anfang vom Ende.

Ich kann dein Bedauern nachempfinden.

„Natürlich bedaure ich es! Denn sie hat ja die Wahrheit gesagt... irgendwie" Je länger ich Zeit hatte, darüber nachzudenken, desto klarer wurde mir, dass sie diesmal *nicht* gelogen hatte. Denn so war sie einfach. Wenn Biene einen Grund – wenn auch einen komplett verrückten Grund – gehabt haben mag, um zu lügen, dann weil sie sich anders wahrscheinlich nicht zu helfen wusste.

„Hätte sie mir doch nur früher erzählt, was da abging."

Was hätte das bewirkt?

Tja...was? Vielleicht hätte ich die Manipulation stoppen können. Denn von Anfang an war es nichts anderes gewesen als Manipulation, mit der Noah Biene an sich zu ketten versucht hatte.

„Auch wenn es vielleicht unlogisch klingt - sie ist erpresst worden! In ihrem großen, verunsicherten Herzen war kein Platz für die Vorstellung, für sein Unglück – oder sogar seinen Selbstmord – die Verantwortung zu tragen. So sehe ich das inzwischen."

Ich habe versucht, ihr das klar zu machen – sie war doch nicht schuld an seinen *Depressionen*! Es war nicht ihre Aufgabe, bei ihm zu bleiben, damit er sich nichts antut. Und es war erst Recht nicht ihre Aufgabe, ihn zu heilen!

Das ist wahr. Entdeckst du Parallelen zu dir?

„…so wie es nicht meine Aufgabe war, Biene zu heilen…?" Irma bekommt mich scheinbar immer dahin, wo sie mich haben will.

Was siehst du noch?

Immer dasselbe Spiel. Trotzdem, es wird nicht langweilig mit ihr.

„Es war allein seine Aufgabe, den Hintern hoch zu kriegen! Was auch immer sein Problem war, er hatte es mit sich selbst und nicht mit Biene!"

Wir können nicht die Verantwortung für unser Leben in die Hände eines anderen Menschen legen. Sie ist zu groß für den Anderen. Und wir begeben uns damit in den Stillstand. Wir kommen von unserem Seelenweg ab.

Meine Gedanken rasen.

„Ok, sehe ich genauso… nur… gibt es sicher Situationen, wo uns die Verantwortung für uns selbst zu viel ist. Oder wir nicht mehr weiter wissen. Wie dieser Noah…"

Sich ärztliche Hilfe zu suchen, zeugt von einem liebevollen Verantwortungsbewusstsein gegenüber uns selbst. Wenn dieser Schritt hilft, uns selbst besser zu verstehen; uns selbst zu helfen, dann entspricht er unserem Seelenweg. Dann kann uns das zurück auf unseren Weg bringen.

„Der Brief... sie hat den Kontakt zu ihm abgebrochen..."

Sie hat die Verantwortung für Noahs Leben zurück in seine Hände gelegt und sich zurückgezogen. Sie nimmt sich selbst nun wichtig genug, um auf ihr eigenes Wohlergehen zu achten und es nicht geringer zu werten als das eines anderen Menschens.

Dabei hatte sie viel Hilfe.

„...meine... Hilfe!"

Endlich ernte ich mal wieder ein Lächeln. Wie gut das tut. Und wie wundervoll zu erkennen, dass ich Biene auf ihrem Seelenweg ein Begleiter gewesen bin. Unnötig zu erwähnen, dass plötzlich die Sehnsucht in mir hochkocht. Und ich mache mir immer noch Sorgen.

Was wenn

Die Wohnungstür öffnet sich.

„Weißt du was, die Kartons sind im Keller, alle leer."

„Also… das Ganze lässt mir jetzt keine Ruhe. Wenn er die Sachen nicht zu Biene fahren wollte und die Kartons leer sind; kann das doch nur eins bedeuten… oder?"

„Naja, er ist vor dem Haus zusammengebrochen, in dem ihre Eltern wohnen. Irgendwas muss er ja dort gewollt haben."

Ein tiefes Seufzen.

„Jens? Was wenn er sich mit ihr aussprechen wollte?"

„…sie zurückholen meinst du?"

Ein Nicken und ein Schulterzucken.

Noch nicht

Ich kenne die Worte schon, bevor Irma sie in mein Bewusstsein schickt; denn sie entsprechen ganz genau dem, was ich fühle.

Es wird langsam Zeit für dich.

Wenn du tot bist, dann wird alles einfacher. Das Verstehen; das Akzeptieren. Tot sein ist irgendwie leicht… Aber du kannst dann eines nicht mehr tun, nämlich die Augen verschließen.

Ja, es wird Zeit für mich aufzuwachen. Denn alles liegt nun offen vor mir ausgebreitet – ich kann sehen, welche meiner Erfahrungen in diesem Leben mich der Liebe, der Vergebung und dem Mitgefühl näher gebracht haben. Für mich selbst als auch für andere. Jetzt erkenne ich endlich, weshalb mein Leben ganz genau so verlaufen ist und nicht anders.

Ich verstehe den Sinn eines jeden Schmerzes und eines jeden schweren Tages und fühle die Dankbarkeit für beides; Dankbarkeit für jede Seele, die an meinem Weg beteiligt war.

Kraft und Zuversicht fließen zurück zu mir; es ist wie das Aufladen eines Akkus. Und ganz allmählich trete ich an die Schwelle – als fehle mir nur noch dieser eine rettende Gedanke, der mir bereits auf der Zunge liegt, jedoch noch nicht vollends greifbar ist. Es braucht nur noch diesen einen kleinen Schritt; es braucht nur noch dieses eine Quäntchen Vertrauen. Und ich will es; ich will es wirklich…

Doch das hieße, ich müsste sie loslassen. Es hieße, dass ich sie verlasse. Nun wirklich.

„Ich kann das nicht… Noch nicht." Irma ist bei mir, wie eine gute Freundin. Selbst jetzt noch spüre ich keinerlei Ungeduld von ihrer Seite; trotzdem scheint es dort eine bestimmte Richtung zu geben, in die sie mich lenken möchte. Nur bin ich noch nicht bereit, ihr dorthin zu folgen.

Was hält dich zurück?

„Da ist noch etwas, das ich tun will. Ich... habe es versprochen..." Woher ich dieses Wissen nehme, kann ich selbst nicht beantworten. Ich habe es versprochen... aber was?

„Wo ist Biene? Bitte sag mir, wie ich sie finde."

Sie verbirgt sich nicht. Das hat sie zu keiner Zeit. Wenn du sie bisher nicht sehen konntest, dann weil du selbst dich daran gehindert hast. Doch nun gibt es keinen Grund mehr für dich, das Wiedersehen zu fürchten.

Habe ich das? Mich gefürchtet?

Vielleicht... ja. Jetzt kann ich sie schmecken. Es ist dieselbe Furcht, die ich auf dem Weg zu ihr gefühlt habe. Meinem letzten Weg. Es ist die Furcht, dass es für uns zu spät sein könnte.

Doch mit ihrem wundervollen Brief fällt nun auch diese letzte Angst von mir ab. Zurück bleibt nur die Gewissheit, in diesem Leben jemanden geliebt zu haben. Wirklich und – am Ende – bedingungslos.

...und sie hat nicht die geringste Ahnung.

Ein Geräusch dringt zu mir durch, eine Art Kratzen. Und plötzlich nehme ich sogar Gerüche war; etwas Beißendes. Universalverdünner und Holz... da wird mir klar, wo ich mich befinde. Ich beschließe, mich dem Bild zu stellen und wende mich dem zu, was ich erwarte – und dort sitzt sie. Auf ihrem Hocker. Und starrt auf die Leinwand...

Fundsache

Ein Telefonat.

Ein langes Telefonat.

Jemand legt auf.

Ein Schluchzen.

Die Tür zum Schlafzimmer öffnet sich.

„Hey… was ist passiert?"

„Das war meine Mutter. Sie hat mir gerade einen Brief vorgelesen…"

Jemand weint leise in seine Hände.

„Steffi…?"

„…von Bianca. Sie muss an Ollis Grab gewesen sein und hat ihn dort hingelegt."

„Aber es regnet doch wie Sau."

„Eben! Stell dir vor, Mama wäre heute nicht hingegangen?!"

Kurzes Schweigen. Noch mehr Tränen.

„Was steht denn drin? Oder… naja es geht mich ja eigentlich nichts an…"

Jemand nimmt die Hand des anderen.

„Ist schon gut. Aber zuerst guck mal in den großen Schrank dort. Rechte Tür."

Besagter Schrank wird geöffnet.

Jemand zieht scharf die Luft ein.

„Fuck... ist das... "

„Mach es auf."

„...ein Ring..."

„Und er liegt auf *ihren* Sachen. Jens, er wollte Bianca nach Hause holen! Deswegen war er dort. Deswegen sind die Kartons leer, weil er alles wieder in die Schränke geräumt hat. Sie... Sie gehörte zu ihm! Und jetzt ist sie vielleicht irgendwo allein... Jens, du hättest meine Mama hören sollen!"

„Schhhht. Schon gut, komm her. Wir werden ihr das sagen. Sie hat bestimmt keine Ahnung..."

Die eine Erinnerung

Biancas Atelier ist nicht wirklich ein Atelier; eigentlich nur ein Kellerraum in einem Bürogebäude, der von der ansässigen Firma nicht gebraucht wird – eben was wir auf die Schnelle organisieren konnten, damit Biene einen Ort für sich hat. Ich fand ihn zum Malen nie optimal, aber sie hat sich hier von Anfang an wohl gefühlt. Sie nennt es den ersten Ort, an dem sie sich jemals traute, sie selbst zu sein.

Einmal hat sie versucht, es mir zu erklären – das Malen. Ihr Malen. Es sei kein Prozess des Schaffens, sondern des Ergründens, sagte sie.

Durch das Malen würde ihr klar, wie es ihr eigentlich geht, tief in ihrem Inneren. Ich habe es nur nie wirklich verstanden... verstehe ich es jetzt?

Endlich traue ich mich, sie zu sehen – sie wirklich anzusehen, wie sie ist.

Doch zuallererst sehe ich, wie furchtbar blass Bianca ist und wie rot ihre Augen sind vom Weinen. Oder fehlendem Schlaf?

„Hast du überhaupt geschlafen in letzter Zeit? Oder gegessen?" Sie schaut mager aus.

Bianca seufzt. Ihre Hand fährt über die Leinwand, die vor ihr auf einer Staffelei steht.

„Biene..." was soll ich sagen? Ich meine, hat es überhaupt einen Sinn, irgendetwas zu sagen? Und selbst wenn sie mich hören könnte – was *sage* ich zu dem Menschen, den ich über alles liebe und von dem ich weiß, dass ich ihn zurücklassen werde?

„Ich habe versucht, dich zu malen."

Überrascht blicke ich mich um, doch außer uns ist niemand hier. Spricht sie etwa mit mir? Doch sie schaut nur traurig auf ihre Leinwand. Erst jetzt fällt mir auf, dass das Bild nicht so düster ist, wie ich es von ihr gewohnt bin.

Das fasziniert mich. Ich sehe viele Grün- und Blautöne. Es wirkt irgendwie... fröhlich? Und es ist nicht das einzige Bild in diesen Farben. Mir wird klar, dass mir überall, im ganzen Atelier diese Farben entgegen lachen.

„Keine Ahnung... irgendwie habe ich gehofft, dieses Bild aus meinem Kopf löschen zu können." Sofort sehe ich es vor mir, so als könne Bianca ihre Erinnerungen mit mir teilen – Ich, mit dem Gesicht zur Seite auf dem Steinboden liegend. Hände, die nach meinem Körper greifen und ihn drehen. Männer in grellen Westen, die versuchen, diesen Körper wiederzubeleben. Eine fassungslose Biene. Fremde Personen, die sie stützen. Wie sie beginnt zu weinen...

„Aber es geht nicht." Plötzlich rinnen frische Tränen über ihre Wangen und ich erkenne, wie sehr sie in dieser Erinnerung gefangen ist. Am liebsten möchte ich sie in die Arme nehmen und ihr sagen, dass alles gut wird. Schließlich weiß ich jetzt, dass dies am Ende zutrifft. Doch... ich bin wie ein Geist. Ohne Körper. Da sind keine starken Arme mehr, die Biene festhalten können.

„*Ich bin hier*", sage ich schwach.

„Was mache ich denn? Wie mache ich jetzt ohne dich weiter?"

Oh Mann. Da gäbe es jetzt so vieles, das ich ihr sagen könnte. So vieles, das ich ihr versprechen könnte. Denn da ist ihr Seelenweg – dieser wundervolle Plan, den sie geschmiedet hat und der mich in seiner Schönheit von Herzen rührt... Ich möchte, dass die Traurigkeit verschwindet – doch Biene ist eben noch nicht da, wo ich jetzt stehe. Sie ist blind, so wie ich es gewesen bin. So wie wir es alle sind, bis wir eines Tages aufwachen.

„Ich war auf dem Weg zu dir. Ich wollte, dass unser Leben wieder wunderschön ist; bis wir beide steinalt sind. Oh Biene… ich wollte etwas ganz anderes für uns als das hier."

Ihr Kopf sinkt gegen die Leinwand.

Als alle Hoffnung von mir ging – das war es, was sie geschrieben hatte. Aber diese Farben… ist denn wirklich alle Hoffnung verloren?

Zweisamer Monolog

„Sind die alle von dir?" Ich bin nicht nur fasziniert, sondern begeistert. Bienes Bilder… so sanft und warm – ist das überhaupt noch meine kleine Fledermaus? Und wie kommt sie auf grün, wenn sie versucht, mich zu malen? Nein, nicht mich. Sondern – ich weiß auch nicht – mein Wesen? Das, was mich ausmacht?

Während ich von Bild zu Bild schweife und mich in jedes einzelne von ihnen verliebe, nimmt Biene hinter mir wieder ihre Pinsel zur Hand und setzt ihre Arbeit fort. Es ist fast wie früher, nur dass sie nicht mehr sehen kann, wie ich staune.

„Wow, ich liebe sie. Alle! Ich hatte keinen Schimmer, dass du mich so siehst." Und vor allem hatte ich keine Ahnung, dass Bilder solche Gefühle wecken können.

„Du warst immer so… konstant. Und sonnig. Und ich nicht. Ich dachte, ich könnte auch sonnig sein. Aber jetzt weiß ich, dass es nur deine Strahlen waren, die mich wärmten."

„Das ist Blödsinn, Biene. Du bist der liebste Mensch, den ich kenne. Als du in mein Leben gekommen bist, fing es doch erst richtig an!"

Sie atmet tief ein und wieder aus. Ich möchte sie berühren. Ich möchte sie trösten. Stattdessen habe ich das Gefühl, mit leeren Händen vor ihr zu stehen. Dabei waren sie noch nie so gefüllt wie jetzt, nach meinem Tod. Aber es nützt nichts – ich bleibe… tot.

„Ich habe alles kaputt gemacht." Nun weint sie wieder.

Was kann ich tun?

Komm zurück…

Ich bin doch bei dir.

Komm zurück und werde alt mit mir…

Es geht weiter, bitte glaube mir… es lohnt sich. Du hast dir so viel vorgenommen für dieses Leben… viel mehr als ich.

Du fehlst mir so sehr, dass es wehtut…

Der Schmerz… ich weiß. Und er gehört unbedingt dazu. Er bedeutet, dass du geliebt hast; dass du wirkliche Liebe empfinden kannst. Ist das nicht großartig…?

Ich kann nicht mehr…

Nein. Nein, sag das nicht. Du kannst es nicht sehen, aber trotzdem ist es wahr – wundervolle Erfahrungen warten auf dich. Sie sind es wert, weiter zu gehen…

Ohne dich ist alles wertlos…

Ohne dich bin ich zu klein…

Ohne dich ist alles zu schwer – Arme, Beine, Atmen… alles.

Was kann ich tun?

Nichts, also weine ich mit ihr…

Wer suchet…

„Ich werd' noch wahnsinnig!"

„Ok, Jana können wir vergessen. Die ist in Wien und geht nicht ans Handy. Henny ist garantiert in irgendeinem Club unterwegs und hört es nicht klingeln…"

„Und meine Ma hat keine Nummer von ihr… - Ich fasse es nicht, dass du ihre Nummer nicht hast!"

„Was denn? Ich hab Ollis Nummer. Und wo er war, hing Biene mit dran – was sollte ich da mit ihrer Handynummer?"

Genervtes Schnauben.

„Was zu Henker machen wir denn jetzt!"

„Naja, wir könnten zu ihren Eltern fahren. Und wenn sie da nicht ist, werfen wir einen Zettel ein."

Jemand fährt sich mit beiden Händen durch die Haare.

„Ich weiß nicht... Und dann warten wir ab ob sie sich meldet...? Ich will ihr aber nicht die Chance lassen, sich *nicht* zu melden. Verstehst du?"

Nüsse sind aus

Ich folge Biene durch die Stadt. Oder besser gesagt – ich klebe an ihr. Da sind keine Füße mehr unter mir, die mich tragen. Doch es ist schnell klar, wie das hier funktioniert. Wenn ich mein Bewusstsein ganz auf jemanden oder etwas ausrichte, führt es mich direkt dorthin. Und keine Kraft der Welt hätte mich nun von Biene fort bekommen.

Nicht in ihrem Zustand.

Sie spricht nicht mehr, was wohl daran liegt, dass wir unter Leuten sind. Aber ihre Gedanken drücken sich wie mächtige Wellen durch mein Bewusstsein. Inzwischen kann ich sie direkt hören.

Auch jene Gedanken, die sie mit aller Macht zur Seite zu schieben versucht. Und genau die sind der Grund, dass ich keinesfalls von ihr ablassen werde.

Ein Radfahrer schneidet uns. Doch Biene bemerkt es kaum. Sie blickt starr geradeaus; ist gefangen in ihrer Gedankenmühle. Und ich fühle mich wie ein Zuschauer in einem Theaterstück.

Ich muss noch einkaufen – hab's meinen Eltern versprochen.

Ich sollte Blumen mitbringen, weil ich nun schon so lange auf ihrer Couch schlafe.

Ich muss die neuen Bilder fotografieren und auf die Website hochladen.

Wann hört der Schmerz auf, mein Herz zu zerquetschen?

Ich hasse die Stadt.

Sie sind so blind und rennen durchs Leben.

Ich muss mir bald eine eigene Wohnung suchen.

Das geht ja nicht ewig so weiter.

Mir geht das Grün aus.

Ich bin eine von Vielen.

Werde ich je meine Bilder verkaufen?

Ich bin so allein. Allein unter Millionen.

Ich vergesse zu atmen.

Ich frage mich, ob es Krebs war.

Ob seine Mutter es mir verraten würde?

Ich bin niemand, nur die verlassene Ex.

Er wollte mich nicht.

Ich muss da irgendwie durch.

Mit etwas Zeit. Schlafen will ich.

So müde wie nie.

Ich... Olli, wo steckst du nur?

Wieso spüre ich dich nicht?

Weil du mich schon verlassen hattest.

Wieso zurückschauen?

Mich verlassen... musstest du so weit weg von mir, wie es nur irgendwie geht?

Habe ich dein Herz gebrochen?

Ich habe es nicht verdient, dich zu spüren.

Ich habe dich nicht in Ruhe gelassen.

Diese Zeit war hart für dich.

War sie zu hart?

Bist du geflüchtet?

Gott, ich...

Sag mir doch, dass ...

...ich bin schuld

...ich habe dich aus dem Leben vertrieben

...ich hätte deine Entscheidung respektieren sollen

...diese Last, diese Fragen

...sie machen mir Angst

...alles im Leben kommt auf uns zurück.

...aber war ich so ein schlechter Mensch?

Tränen stürzen an ihren blassen Wangen herab. Die Leute gucken zwar, doch sie bleibt für sich. Allein unter Millionen, nur mit einem Geist an ihrer Seite.

Was würde ich dafür geben! Alles, wirklich alles, was ich jetzt noch will – ist ihr klarzumachen, dass sie auf einem völlig falschen Dampfer ist. Sie soll wissen, dass sie alles für mich ist. Sie soll wissen, dass mein Herz für immer ihr gehört. Die erste Nuss, die sich nicht knacken lässt...

...Zweisam

„Wieso hat denn niemand mehr ein stinknormales Telefonbuch?"

„Hallo? Wir reden hier von *Ich-schreib-dir-ne-App-für-alles-Olli*. Bevor der sich ein Telefonbuch kauft, lernt er seine lieber Kontakte auswendig."

Dann die Erinnerung an den Verlust.

Betretene Stille.

„Du hast sie auch nicht auf Facebook oder so?"

„Nee... wie kommt es eigentlich, dass ihr euch nie kennengelernt habt?"

Ein Schulterzucken.

Jemand sinkt auf die Couch.

„Ich war ja nicht hier. Über Biene weiß ich nur das, was Olli mir erzählt hat. Das meiste hab' ich sowieso vergessen. War ja mit mir selbst beschäftigt... wie eigentlich immer.

Das letzte Mal habe ich ihn vor über einem Jahr gesehen."

Aufsteigende Tränen.

Bedauern.

Jemand setzt sich dazu.

Jemand umarmt den Anderen.

„Weißt du, er hat's nie so direkt gesagt... Aber er klang immer ganz schön stolz auf seine kleine Schwester. Und ich glaube, er war sogar ein bisschen neidisch auf deine Abenteuer."

„Pfff... Abenteuer.

Nein, er hatte schon Recht. Im Grunde habe ich mich verdrückt. Der Ernst des Lebens hätte mich ja einholen können... brrr."

„Sag ich doch – neidisch..."

Ein zaghaftes Lächeln.

Jemand schubst die Schulter des Anderen.

Friedvolles Atmen.

„Mensch, da fällt mir was ein. Wir haben doch sein Handy. Also... Mama hat es...! Gib mal dein Handy..."

Abwege

Der frühe Abend liegt schon lange hinter uns und es ist längst dunkel. Doch Biene ist immer noch unterwegs. Wenn ich mich anfangs noch fragte, wohin sie wohl will, so steht inzwischen fest, dass sie es selbst nicht weiß. Eigentlich irrt sie umher.

Ihr Gedankenspiel beunruhigt mich; ebenso wie die Tatsache, dass sie scheinbar den ganzen Tag weder gegessen noch erwähnenswert getrunken hat. Sie ging weder einkaufen, wie sie sich eigentlich vorgenommen hatte, noch kam sie überhaupt in die Nähe der Wohnung ihrer Eltern.

Nach ein paar Stunden ließ ich es bleiben, auf sie einzureden. Es machte keinen Unterschied. Stattdessen sah ich ihr zu, als sie schnurstracks in ein Wohngebiet marschierte und hörte ihre düsteren Gedanken. Als sie zu qualvoll wurden und Biene es leid war, sich die Schuld für alle unmöglichen Dinge zu geben, schlug sie plötzlich einen Haken und lief in eine vollkommen andere Richtung – als könne ein anderer Weg zu anderen Gedanken führen.

Das wiederholte sich einige Male, doch am Ende lief es immer auf dasselbe hinaus – sie riss sich das Herz wieder und wieder aus der Brust; um sich zu strafen. Und es will nicht in meinen Kopf... ich meine - ich bin gestorben. Niemand konnte etwas dafür. Biene am allerwenigsten. Und doch sehe, höre und erlebe ich es.

Bis mir irgendwann – im Laufe der Nacht – klar wird, dass dieser Schmerz leichter zu ertragen ist, als der andere. Schuld trägt Biene irgendwie leichter als das Gefühl der Wertlosigkeit, das tief in ihr wohnt. Nun bricht es mit aller Macht hervor, als hätte es nur auf diese Momente der Trauer und

Schwäche gewartet.

Ungeliebt sein; verlassen worden sein... das sind ihre Ängste – etwas zerrt an mir und da ist es wieder; das Wissen, welches hinter mir lauert und mich anspringen will.

„Nein!" bestimme ich – „Ich kann noch nicht aufwachen! Halt mich fest, Biene!" Ich muss mich irgendwo in ihr festkrallen, damit es mich nicht fortzieht. Und nur mit größter Konzentration kann ich meinen Willen durchsetzen.

Trotzdem durchfahren mich Wellen von etwas Wunderbarem; es lockt mich; es ruft nach mir und fast weiß ich, dass es keinen Unterschied macht – loslassen oder bleiben, denn dies ist nicht mehr mein Seelenweg. Es ist Bienes Weg und sie wird ihm folgen; so, wie sie es sich vorgenommen hat. Sie wird ihre Entscheidungen treffen und irgendwann erleben, was ich erlebe... Beinahe lasse ich los. Beinahe gebe ich mich dem Vertrauen hin, das ich spüre –

Es wäre so leicht... es sah so leicht aus bei ihm...

...als Bienes Gedankenwelt mich schlagartig wieder fest im Hier und Jetzt verankert.

Sterben ist leicht. Wo habe ich das schon mal gelesen...

Ich überlege fieberhaft, ob es das ist, was ich denke, das es ist. Dabei weiß ich es längst.

Vielleicht ist er ja noch irgendwo und ich kann ihn finden...

Seit ich sie gefunden habe, lausche ich schon diesen leisesten ihrer Gedankensprünge. Nur habe ich die Augen davor verschlossen.

...und ihn um Verzeihung bitten...

Fassungslos sehe ich zu, wie Biene über die Brücke läuft, auf der ich sie zum ersten Mal umarmt habe; wie sie sich auf das Geländer setzt und das erste Mal seit Stunden ihre Beine ausruht.

Und wenn ich ihn nicht finde? Wenn da nichts ist?

Wie sie etwas aus ihrer Tasche zieht – eine kleine Flasche mit vielen Tabletten darin. Schlaftabletten.

Auch gut. Im Nichts wartet auch kein Schmerz mehr...

Hilfe

Wider Erwarten fühle ich keine Versuchung. Ja, ich könnte sie in Empfang nehmen, wie Irma mich in Empfang genommen hat. Und ganz ehrlich – ich kann mir nichts Schöneres vorstellen als dabei zu sein, wenn alle Ängste und Zweifel plötzlich von ihr abfallen. Mit Biene gemeinsam aufatmen...

Stattdessen fühle ich vor allem eins, nämlich Bedauern.

„Du bist nicht hier hergekommen, in dieses Leben, um es aufzugeben. Mensch Biene – du hast es dir ausgesucht! Du wolltest es, von ganzem Herzen…"

Sie starrt auf ihre blasse Hand mit den langen, schmalen Fingern und dem Medikament darin.

„…selbst diese Angst, dass niemand dich lieben wird. Du hast eine Aufgabe mitgebracht; und bist noch nicht fertig damit."

Mit weit geöffneten Augen hebt sie den Blick in den nächtlichen Himmel und seufzt verzweifelt.

„Mir war es nicht klar, bis ich plötzlich auf der anderen Seite – von all dem hier – stand. Aber jetzt sehe ich es. Wir sind hier, um uns selbst zu erkennen. Wir sind es Wert, geliebt zu werden. Vor allem von uns selbst. Und wir kommen her um das zu begreifen. Denn wir finden in Anderen nur das, was in uns selbst existiert…

Du hast in mir deine Angst gefunden, dass ich dich verlassen könnte; dass ich aufhören könnte, dich zu lieben. Dabei stimmt das Gegenteil! Aber du siehst nur, womit du in deinem Inneren kämpfst."

Biene presst das Fläschchen mit den Tabletten an ihren Bauch und krümmt sich, als hätte sie Schmerzen. Warum ist denn weit und breit niemand hier, der mir helfen könnte!

„Bitte… gib doch nicht auf. Es ist ein Leben mit so vielen Erfahrungen – ok, du hast es dir ganz schön vollgepackt und weißt nun nicht, ob du das alles aushältst. Aber ich weiß es – du bist wunderbar. Du bist stark. Und du willst zu dir selber finden…

Es ist ein Leben von vielen. Ja, du kannst jetzt nach Hause zurückkehren und ja, ich helfe dir dann, alle deine Erfahrungen anzusehen – aber ich kenne dich. Du würdest deine Aufgaben mitnehmen in dein nächstes Leben und es dir wieder genauso voll packen. Und du fändest es schade, nicht alles gelernt zu haben, weshalb du hergekommen bist. So, wie ich auch erkennen musste, dass ich vieles nicht begriffen habe…"

Beinahe glaube ich, dass sie mir zuhört; wie sie den Kopf schräg legt und die Augen schließt. Doch plötzlich geht ein Ruck durch ihren Körper und sie trifft eine Entscheidung.

Mit einem Klicken öffnet sich die Flasche und lauter kleine weiße Pillen kullern auf Bienes Handfläche. Ich möchte sie am liebsten anschreien. Mit all meinem Willen und all meiner Konzentration starre ich auf Bienes Hand. *Tu es nicht! Das willst du nicht!*

Doch ich kann ihr meinen Willen nicht aufzwingen. Sie ist frei zu tun, was sie will. Und mir bleibt nur noch eine Möglichkeit…

„Bitte… wenn mich irgendjemand hört. Irgendeine Seele hier unten… bitte. Hilf mir! Hilfe…"

PIN

„Im Ernst jetzt? Wie hast du das denn geschafft?"

„Ach, ich dachte, ich probiere mal unsere Geburtstage durch. Aber dann sagte mir das Telefon, dass ich nur noch einen Versuch habe, bevor es sich sperrt..."

„Und wie kamst du dann auf den Pin?"

„...keine Ahnung. Nur so ein Gefühl... ganz seltsam war das. Es ist 0706..."

Der Tag der Diagnose.

„Mama, du bist genial! Jetzt sag mir Biancas Nummer durch."

„Die gibt es hier nicht. Moment – Biene, da hab ich's! Ok, schreib auf..."

Im letzten Moment

Wann immer wir unseren Kopf auf unser Kissen betten und froh sind, uns ins Bett kuscheln zu können, gibt es da draußen Menschen, für die eine vollkommen andere Nacht angebrochen ist. Eine

Nacht der Entscheidung. Eine Nacht der Flucht oder des Angriffs. Aufgabe oder Hingabe. Verschluss oder Vertrauen.

Der volle Mond über uns lässt die Brücke und den Park drum herum in gestochen scharfen Konturen leuchten. Ein Nacht voller Klarheit, vielleicht.

Ich starte einen Ruf nach dem anderen, wie Leuchtraketen, hinaus zu den ganzen Seelen da draußen mit denen ich angeblich so sehr verbunden bin. Ich rufe nach Hilfe, nach Einsicht... und sehe doch zu, wie kleine tödliche Pillen in die Hand meiner Biene kullern. Und ich weiß genau, was sie vorhat.

Von hier aus ist es nicht mehr weit bis zu ihren Eltern. Es ist ihr sogar egal, ob sie auf deren Couch einschläft, oder auf die Steine vor ihrer Haustür sinkt. In ihren Gedanken sieht sie sich neben mir liegen. Aber ich will, dass sie lebt!

Ich will, dass sie sich vergibt.

Ich will, dass sie ihrer Zukunft vertrauensvoll entgegen sieht... oder wenigstens dem nächsten Morgen, Herrgott! *Biene! Schmeiß diesen Dreck in den Fluss!*

Sie sieht das ganz anders. Seelenruhig holt sie noch mehr Tabletten aus der Flasche, denn sie meint es ernst. Mehr und mehr verzieht sich ihr Gesicht zu einer Grimasse der Schmerzen und des Bedauerns. Feige fühlt sie sich; und schuldig wegen ihrer Eltern. Aber vor allem verzweifelt. Atemlos. Sie erstickt beinahe an ihrem vor lauter Weinen geschwollenen Hals.

Dann der finale Akt.

Ich weine.

Ich gebe auf.

Ich lasse los. Und akzeptiere, dass ihr Weg zurück nach Hause führt – als unerwartet etwas klingelt.

Vor lauter Schreck fällt Biene der Inhalt ihrer Hände auf den Boden und viele Pillen rollen über den Rand der Brücke und verschwinden im Wasser. „Scheiße...!"

Fahrig, wie sie ist – vor lauter Müdigkeit und Trauer – fällt ihr auch noch die Flasche auf den Boden und zerbricht. Halleluja! Und tatsächlich fummelt sie in ihrer Jacke nach dem Handy, auf dessen Display eine Nummer leuchtet, die sie nicht kennt. Ich aber schon...

Biene räuspert sich. „Ja?" Sie klingt ganz rau.

„Oh nein, du hast bestimmt schon geschlafen! Ich bin so ein Idiot, entschuldige! Ich ruf morgen früh noch mal an..."

„Wer ist denn da...?"

„Hallo. Du... äh... kennst mich nicht. Ich meine - wir kennen uns noch nicht. Ich bin Steffi, Ollis Schwester..."

Stille.

Bienes Augen werden plötzlich ganz groß. Ein Beben huscht über ihre Unterlippe und sofort fließen wieder die Tränen.

„…hallo? Bitte sag, dass du noch dran bist…"

„…ja…" Bienes Stimme bricht.

Die Person am anderen Ende der Leitung bemerkt es und bricht ebenfalls in Tränen aus.

„Ich hatte einfach das Gefühl, ich muss mich unbedingt bei dir melden. Und dir was ganz wichtiges erzählen."

Biene schluckt krampfhaft, um überhaupt Worte durch ihre Kehle zu quetschen. „Mir geht's gerade nicht besonders…"

„Da bist du nicht alleine. Darf ich zu dir kommen? Ich… habe eine Nachricht für dich. Von Olli…"

Daraufhin fängt Biene an zu schluchzen und nickt einfach, obwohl Steffi sie nicht sehen kann.

„Heißt das ja?"

Heftiges Nicken. „…ja!"

„Ich komme sofort! Wo bist du?"

Sie erzählt es meiner Schwester und legt auf. Danach bricht sie weinend auf der Brücke zusammen. Und alles, was ich zwischen ihren Tränen und dem Schluckauf ausmachen kann, sind die Worte –

„Oh danke! Olli… danke!"

Erwachen

Steffi pirscht sich unsicher an die Brücke im Park heran. Unsicher, weil sie weit und breit niemanden sieht. Doch als sie heraufkommt, findet sie Biene, die mit dem Rücken an die Steine gelehnt dasitzt; den Kopf auf die Knie gelegt und die Augen geschlossen.

Du hast sie geliebt. Sie war ein Teil von dir – wie ich. Jetzt lass mich die richtigen Worte finden.

Steffi kniet sich neben die scheinbar schlafende Frau und legt ihr eine Hand auf die Schulter. Da geht eine Bewegung durch den Körper unter ihrer Hand und Biene hebt im gleichen Moment Kopf und Arme, zieht Steffi neben sich – und beide halten sie einander fest wie zwei Ertrinkende.

Es ist das erste Mal seit meinem Tod, dass meine Schwester ihrer Traurigkeit freien Lauf lässt. Es tut gut, sie beide so zu sehen. Sie wechseln sich dabei ab, die Andere zu halten und zu stützen, zu trösten und in den Armen zu wiegen. Wie zwei Freundinnen, die sich schon ewig kennen. Doch es ist ihr Verlust, der sie eint.

Irgendwann werden Nasen geputzt und Augen getupft. Steffi hat wieder angefangen zu rauchen und teilt schwesterlich mit Biene – so sitzen sie lange auf dieser kleinen, einsamen Brücke. Es sind Momente, die die Einsamkeit in ihre Schranken weisen; heilsame Momente, obwohl keine etwas sagt. Bald erscheinen die ersten Vorboten des nahenden Tages.

„Das letzte Mal, dass ich eine Nacht durchgemacht habe, war in den USA. Aber dort hatte es keinen so schönen Sternenhimmel wie heute Nacht..."

„Seit Ollis Tod habe ich keine Nacht mehr geschlafen."

„Jensen und ich waren in seiner Wohnung."

Biene seufzt und zieht an ihrer Zigarette. „Du sagtest was von einer Nachricht. Wie meinst du das?" Da bin ich aber auch gespannt. Schließlich habe *ich* Biene keinen Brief geschrieben oder so. Doch statt etwas zu erwidern, holt Steffi die kleine Schatulle mit dem Ring hervor, den ich gekauft hatte... dem Verlobungsring – und legt sie in Bienes Hände.

Für einen Moment finde ich mich in einer Kreditkarten-Reklame wieder: Der Ring, 300 Euro. Bienes Gesichtsausdruck, unbezahlbar! Sie glaubt es nicht, das lese ich ihren Augen ab. Nach und nach jedoch, als Steffi ihr von den letzten Tagen erzählt und was sie in meiner Wohnung herausgefunden hat... erlebe ich ein kleines Wunder. Ein Moment des vollkommenen Glücks und der höchsten Wertschätzung, denn genau das empfindet Biene, als sie meiner Schwester sprachlos und mit feuchten Augen folgt. Nach und nach höre ich ihre Gedanken und sehe ihr Herz heilen – und weiß, jetzt wird alles gut.

Die Beiden sehen dem nächsten Morgen entgegen. Vielleicht noch nicht vertrauensvoll, aber auch nicht einsam. Mein Herz tut einen Satz. Meine ganze Existenz erschauert. Mein Vertrauen ist grenzenlos, meine Liebe unendlich.

„Ich liebe euch..." sage ich zum Abschied.

Und erwache endlich.

Wie es ist

Es ist, als ob jede Last urplötzlich von dir abfällt. Es beantworten sich Fragen, die du nicht zu stellen gewagt hast, solange du noch an deinem letzten Leben festhieltest. Du erkennst, dass du nicht allein bist, es nie gewesen bist. Zu keiner Zeit. Du erkennst, dass du geliebt wirst und es für immer Wert bist, geliebt zu werden.

Irmas Worte.

Doch es ist so viel mehr.

Als ob ich in einer Blase existiert habe, oder einem Luftballon. Der Ballon platzt und ich erkenne hinter seinen Grenzen mein eigentliches Ich. Es war nicht das bisschen Luft im Ballon, das mich ausmachte, sondern im Grunde alles, was dahinter auf mich wartete – unglaublich weite Sphären; gefüllt nur mit Antworten; gefüllt nur mit endlosen, verständnisvollen Seelen. Sie werfen einen Blick auf mich und wissen alles über mich. Ich werfe einen Blick zurück und weiß ebenfalls alles.

In nur einem Moment dehne ich mich aus, sodass mein Bewusstsein alles andere durchdringt, sich in das Gefühlsleben all dieser Seelen einkuschelt und wiederum sie alle in meinem Inneren willkommen heißt. Ja, wir sind eins. Ich bin eine von unzähligen. Doch jede einzelne kann ich nun fühlen. Und alle wollen wir dasselbe.

Wir wollen lieben.

Wir sind Liebe.

Wir sind gleich.

Wir sind eins.

Hass oder Angst, Schmerz oder Verlust – es sind nur noch abstrakte Begriffe. Diese Gefühle existieren hier nicht. Und doch sind sie ein großer, ein wichtiger Baustein unserer Entwicklung.

Ich habe Schmerz erlebt. Doch nun bin ich zurück bei mir selbst und glücklich, ihn nicht mehr zu fühlen. Denn sonst fühlten wir ihn alle. Aber ich will uns keinen Schmerz zufügen. Ich will, dass wir wachsen und gut zueinander sind. Ich will Liebe – das war es immer, was ich wollte...

Das bedeutet es, aufzuwachen.

Die Seele, die ich Irma nannte, ist bei mir, wie

so viele andere. Erstaunt schaue ich in ihr Innerstes und erkenne, was auf sie zukommt; was sie sich vorgenommen hat. Die Aufgaben für ihr nächstes Leben, ihren neuen Seelenweg.

Und wenn es nicht unmöglich wäre, würde ich sie dafür jetzt nur noch mehr lieben...

Alle Hoffnung

Eine Tür öffnet sich.

Jemand setzt sich.

Es werden Notizen gemacht.

„Nun, ich kann Ihnen sagen, sie sind vollkommen gesund. Dass Sie sich schlapp fühlen und schlecht schlafen, kann natürlich damit zusammenhängen, dass Sie... traurig sind. Vielleicht liegt es aber auch daran, dass Sie in anderen Umständen sind."

„...wie bitte?"

„Sie sind schwanger. Deshalb schlage ich vor, wir sehen vorerst von Medikamenten ab und schauen mal, wie es Ihnen in ein oder zwei Wochen geht."

„...ich bekomme ein Baby...?"

„Herzlichen Glückwunsch, Bianca. Ab jetzt sollten Sie gut auf sich aufpassen."

Diese wundervollen Bilder, die Biene malt; in Grün und Blau und voller Licht. Das bin gar nicht ich. Sie hat dich gemalt – sage ich zu Irma.

Alle Hoffnung wird niemals von uns gehen – antwortet sie mir und ich weiß, dass ich sie vermissen werde...

Nachsatz

Liebste Seele,

du bist auf diese Erde gekommen, ohne Erinnerungen und ohne Fahrplan in der Hosentasche. Dafür jedoch mit einem Herzen und einem inneren Kompass, der zu dir spricht. Du wirst dazu neigen, beides zu unterschätzen. Du wirst dazu neigen,

in Schubladen zu denken, andere herabzusetzen oder dich höher zu wähnen als sie;

Vorurteile zu entwickeln, auch Abneigung oder gar Hass zu empfinden;

nachtragend zu sein, andere für dein Glück oder Unglück verantwortlich zu machen;

Macht auszuüben, zu manipulieren, deinen eigenen Vorteil zu suchen und mit dem Strom zu schwimmen;

hart gegen Andere zu sein, über Menschen zu urteilen, vielleicht Gewalt auszuüben – seelisch oder körperlich;

rücksichtslos zu handeln, Komplexe zu entwickeln, Ängste zu haben und dich ziellos zu fühlen;

dich deinem Selbstmitleid hinzugeben, dich selbst zu verurteilen, dir nicht vergeben zu können;

einer Sucht zu erliegen, dich in digitale Welten zu flüchten oder keinen Sinn mehr in alledem zu sehen.

Ja, Menschen können blinde Wesen sein; rücksichtslos und sogar grausam. Aber sieh genauer hin – sind sie nicht auch wundervoll – also voller Wunder?

Sie können erhebend sein und inspirierend. Sie können vollkommenes Glück empfinden und schenken; und mit nur einem einzigen wohlwollenden Lächeln die ganze Welt retten.

Menschen überraschen. Sie reichen eine helfende Hand – wie aus dem Nichts! Sie lassen aus einer einzigen kleinen Stimme einen ganzen Chor werden und erschauern voller Ehrfurcht vor dem Wunder, das sie gewirkt haben.

All das sind Menschen. All das sind wir - ein je-

der seinem Seelenweg folgend. Und das Ziel ist immer Liebe. Eines Tages wirst auch du zurückkehren und dein Wirken erkennen. Was ist es, das du dann sehen möchtest?

Jemanden, dessen Liebe an keine Bedingungen geknüpft war? Jemanden, der vertrauensvoll seinem inneren Gefühl gefolgt ist und jeden Tag aufs Neue Freundschaft schloss mit seinem Spiegelbild?

Jemanden, der verzeihen konnte und damit jede Fessel sprengte? Jemanden, der andere Menschen neben sich belassen konnte, wie sie sind? Und vor allem jemanden, der gut zu sich gewesen ist…

Hast du dieses Leben gelebt wie das Geschenk, das es ist? Wie ein Geschenk von dir an dich selbst? Und hast du verstanden, was zu verstehen du dich voller Vorfreude auf den Weg gemacht hast – nämlich dass wir alle Eins sind?

Wir alle können nur dort beginnen, wo wir stehen und in dem Tempo gehen, das zu uns passt. Es ergibt keinen Sinn, sich zu langsam zu fühlen oder unzureichend. Oder schuldig.

Denn es ist nur dein eigener Weg, der dir am Ende die Erfüllung bringt. Also geh… und hab keine Angst, denn zu keiner Zeit bist du allein…

- doch zu allen Zeiten wirst du geliebt.

Deine Irma

Danksagung

Mein aufrichtiger Dank gilt meinem liebevollen Mann – der sich standhaft weigert, jemals *nicht* an mich zu glauben-, allen Probelesern und Hobbylektoren, meiner großartigen, schrägen Familie und allen Freunden, sowie meiner heißgeliebten „wattpad-Gemeinde", die dieser Geschichte samt und sonders bereits den Rücken stärkten, bevor ich überhaupt auf die Idee kam, dass sie vielleicht hinaus will in die Welt. Ich nenne bewusst keine Namen – ich würde doch nur jemanden vergessen.

Nur diesen einen, meine liebe Kerstin.

Ohne dich gäbe es diese Geschichte nicht. Du ließest mich teilhaben. An allem. Ohne Masken, ehrlich und verletzbar. Ich durfte bis in den Kern der Dinge blicken und bin verändert zurückgekehrt.

Bibliografische Information der Deutschen Nationalbibliothek: Die Deutsche Nationalbibliothek verzeichnet diese Publikation in der Deutschen Nationalbibliografie; detaillierte bibliografische Daten sind im Internet über dnb.dnb.de abrufbar.

© 2017 Elisabeth Koppitz
Alle Rechte vorbehalten.

Herstellung und Verlag:
BoD – Books on Demand, Norderstedt.
ISBN: 9783743162280